Tomodachi no imouto ga
ore nidake uzai

# 友達の妹が俺にだけウザい

vol. 8

AUTHOR
三河ごーすと
ILLUSTRATION トマリ

京都修学旅行編、突入！

10年後も、
見返したくなる。

温泉で、
乙女の恋の火花散る。

「月ノ森さんと恋人同士じゃないなら……
私と二人で行動しても、
倫理的に問題ないでしょ」

「――行こっ」
非日常で縮まる距離。
影石翠、本気の勝負が始まる。

# CONTENTS

Tomodachi no imouto ga ore nidake uzai

# 友達の妹が俺にだけウザい8

三河ごーすと

GA文庫

カバー・口絵・本文イラスト
トマリ

# 前回のあらすじ

馴《な》れ合《あ》い無用、彼女不要、友達は真に価値ある一人がいればいい。『青春』の一切《いっさい》は非効率、苛酷《かこく》な人生レースを生き抜くためには無駄を極限まで省くべし――かつてそんな信条を胸に生きていた俺《おれ》、大星明照《おおぼしあきてる》の前に二人の母親が立ちふさがった。

片や友達の妹、の、母親。であると同時に天地堂《てんちどう》社長でもある小日向乙羽《こひなたおとは》こと天地《あまち》乙羽。

片や偽の彼女、の、母親。であると同時にハニプレ社長大人、兼、大女優の月ノ森海月《つきのもりみづき》。

ひと癖《くせ》もふた癖もあるＷママの猛攻で《5階同盟》そのものの在り方からプライベートな恋愛事情まで遠慮知らずの怒涛《どとう》の追撃で蹂躙《じゅうりん》された俺は、大いに振り回されていた。

そんな中、ハニプレのコンシューマーゲーム事業の好調、および、より広い一般層向けのゲームを拡充しようという業界の風潮に危機感を覚える。現在の『黒山羊《くろやぎ》』のＤＬ数では勝負できないと悟った俺は、仲間たちにも決意表明し、数字を伸ばすためのあらゆる手を打とうと画策した。

が、それが間違いだった。

俺の決意に突き動かされた紫式部先生《むらさきしきぶせんせい》こと影石菫《かげいしすみれ》が、学校の通常業務に加えて修学旅行の準備を取り仕切る役割を担い仕事量が倍増していたにもかかわらず、イラスト作業を無理して請け負い、体を壊してしまった。

それは菫が体調管理を疎《おろそ》かにしていたせいでもなければ、真白《ましろ》が俺の意気込みを菫に伝えて無理を言ったせいでもない。

全部俺のせいだった。俺がプライベートを捨てて全力を尽くしたがために、仲間達もそれに応《こた》えて限界を超えて働き続けてしまったのだ。もちろんあいつらは心の底からやりたいと思って創作に励んでいるだけで、強要したわけでも何でもない。

だが、クリエイター本人のやりたい気持ちを無限に許すのはプロデューサーとして失格。チーム体制を変えないまま《5階同盟》の活動を継続するために俺はひとつの決断を下した。『黒き仔山羊《こやぎ》の鳴く夜に』の長期更新停止。菫が修学旅行の仕事から解放され、充分に更新コンテンツのストックに余裕ができるまでの間――これまで休まず走り続けた運営を完全にストップさせるという決断だった。

もちろんただの停滞ではない。《5階同盟》と『黒き仔山羊の鳴く夜に』をさらなる高みへ導くべく、俺は己《おのれ》のプライベートに目を向けることに。来たる修学旅行を、普通の生徒として全力で楽しみ尽くそうと誓うのだった……が、ひとつだけ懸念《けねん》があった。

友達の妹は修学旅行にいない。

# 「いもウザ」登場人物紹介

## 大星《おおぼし》 明照《あきてる》

主人公。極度の効率厨な高2。「5階同盟」プロデューサー。旅行でも緻密な計画を立てて移動効率を突き詰める。

## 小日向《こひなた》 彩羽《いろは》

高1。学校では清楚な優等生だが、明照にだけウザい。演技の天才。南の島のリゾートでバカンスしたい陽の者。

## 月ノ森《つきのもり》 真白《ましろ》

高2。明照の従姉妹でニセ彼女。明照に猛アピール中。実は作家・巻貝なまこ。旅先では地魚を食べたいタイプ。

## 小日向《こひなた》 乙馬《おずま》

高2。通称オズ。明照の唯一の友達。「5階同盟」のプログラマー。旅行はGo●gle Ea●thで十分なインドア派。

## 影石《かげいし》 菫《すみれ》

明照達の担任教師。神絵師・紫式部先生でもある。酒蔵ツアーで浴びるほど試飲してみたい、酒を愛する25歳。

## 音井《おとい》 ●●

高2。下の名前は非公開。「5階同盟」に協力するサウンド担当。ぶらりと一人旅に行くのが好きなソロ活女子。

## 影石《かげいし》 翠《みどり》

高2。毎回全教科満点の怪物優等生。演技×な演劇部長。熱海旅行中に秘宝館の存在を知り目を回した過去あり。

## 友坂《ともさか》 茶々良《ささら》

高1。彩羽のかつてのライバルで、現友達。彼女にとって、旅行とは映える写真でいいねを稼ぐ真剣勝負の場。

## 綺羅星《きらぼし》 金糸雀《カナリア》

巻貝なまこ担当の敏腕アイドル編集者。自称17歳。語尾がチュン。旅行中でも仕事のメールには即レスが基本。

# interlude

Tomodachi no imouto ga ore nidake uzai

## 幕間 ●●●●● 翠と音井さん

廊下でふとすれ違った彼の横顔にハッとして振り返ると、見知らぬ男子生徒が友達と談笑しながら歩いていた。

秒で強張《こわば》った表情筋が拍子抜けしたようにゆるんで、ホッとため息が漏《も》れる。

──なんだ、別人か。

安堵《あんど》。それともガッカリ？　自分でも自分の感情がよくわからなかった。

休み時間。私──影石翠《かげいしみどり》は、化学の授業のために理科室へ移動しようとしているところだった。

教室移動なんてさせないでよ！　と内心ムカムカして不満を吐いてる自分にちょっと驚く。

いままで学校の先生が決めたことに反発したことなんてなかった。

定められたルールに従い、清く正しく、忠実に。

そのことに何の疑問も持たなかったし、べつに抑圧されてるとも思わなくて。

ただただ「あたりまえだよね」と受け入れていた。

なのに今、理科室に移動するために休み時間に廊下を歩かなきゃいけないなんていう、些細《ささい》な縛りに私は苛立《いらだ》ちを覚えている。

理性の部分ではわかってるの。悪いのは他の誰《だれ》でもない、自分だってことくらい。

「また大星《おおぼし》君と見間違えた……」

なんで？　自分に問いかけても、答えてくれる人はいない。

顔の輪郭《りんかく》もぱっと見の印象も、さっきの男子生徒と大星君とでは全然違っている。

しかもこれが初めてじゃない。

ここ最近、何度も何度も同じような場面に遭遇していた。

教室の中からふと廊下を通り過ぎる誰かの横顔を見た時。

放課後の下駄《げた》箱で靴をはいて、ふと振り返った時。

それどころか塾からの帰り、大星君がいるはずもないその辺の適当な道を歩いていて、どこの誰とも知らない人とすれ違っただけの時まで。

なぜか心と体が敏感に反応し、体温がほんのりと上がってしまう。

本当にどうしてしまったんだろう。

「影石ー、おまえまさか、アキに惚《ほ》れたんじゃないだろうなー？」

「…………」

廊下の脇《わき》、壁にだらーんと背中を預けている女子生徒と目が合った。

棒つきの飴《あめ》を口に咥《くわ》えている（校則違反だ）。

「……。……はあ、私、どうしちゃったんだろ……」

「おーい、無視すんなー」

変な妖怪《ようかい》を見たつもりでスルーし、通り過ぎようとした私の肩をがっしりつかんだのは、長い赤毛を整えもせず雑にヘアバンドでまとめた女子生徒。

音井《おとい》さんだった。

テンションが低くて、のっそりとしたスローな動きのわりにやたらと握力が強い。つかまれたら、まるで岩にでもくくりつけられたみたいに一歩も前に進めなかった。

仕方ないので振り向いた。もちろん、不満たらたらな表情で。

「出会い頭に変なこと言われたら、いくら私でも無視するよ」

「変なことじゃないだろー。おまえがアキに惚れたっぽいのは、たぶん事実なわけでー」

「そ、それは音井さんの感想でしょ！　論文で証明されてるわけじゃないでしょ！　ていうか大声でなんてこと言うの⁉　誤解されちゃうからやめてっ」

「おまえの声のほうが百倍大きいだろー」

「うぐっ、おっ、音井さんのせいでしょーっ！」

まったくもって心外だ。

私が大星君を好き？　そんなことあるわけがない。だいたい私は生まれてこの方、恋なんて一度もしたことがないんだよ？　べつに男の子が苦手だとか性別だけで嫌ってるとかそういうことはないけど、小学生の頃から委員長の仕事でクラスの男子が持ち込むイケナイ物を取り上げたりしてるうちに彼らの子どもっぽさにあきれて恋なんてする気がしなくなっただけで大星君みたいに自立した大人っぽい人がいたらいつでもってこれはあくまでたとえ話であってべつに大星君ならOKって意味じゃないからね！

「そう邪険にするなー。同じ修学旅行実行委員のよしみで、話を聞いてやろうと思っただけなんだしさー」

「うそだっ、あきらかに面白《おもしろ》がってる感じだった！」

「やー、そりゃ面白がるさー。その辺の男子を何度もアキと見間違えてるんだもんよー」

「むぐぐ……ん？」

ていうか、ちょっと待って。

いままで疑問に思ったことなかったけど、音井さんって、ナチュラルに「アキ」ってあだ名で呼んでるよね。

「音井さんって、大星君と、その……仲良しだったり……」

「お。嫉妬《しっと》かー？」

「ち、ちがっ、そうじゃなくって！」

「ふーむ……」

眠たげながらもどこかお腹《なか》の内側を探るような目で、私の顔をまじまじと見つめると、音井さんは、大きなため息をこぼした。

「……まじかー」

「えっ。えっ。何。何なの、その反応っ」

「んや。物欲センサーってあるよなーと」

「物欲センサー？」

「なぜか欲しがってるやつほど手に入らなくて、欲しがってないやつほど手に入るってゆー的な、よくあるアレだなー」

「言葉の意味は知ってる。私が訊《き》いてるのは意味じゃなくて、使い方！　なんでいまこの時にその言葉を使ったの⁉」

「さあなー。アタマいいんだから自分で考えろー」

「えっ、ちょ、なんでそこで放り出すのっ」

ぷらぷらと手を振りながら立ち去ろうとする、あまりにも適当な音井さんの背中に、私は不服を申し立てる。

彼女はめんどくさそうに振り返り、キャンディの棒をくいっとわずかに角度をつけて言った。

「本気で自分の心と向き合うつもりなら話を聞いてやらんでもなかったんだけどなー。言い訳重ねて目を逸《そ》らしてるような奴《やつ》には付き合ってる時間ないんだわー。ただでさえその席は先約でいっぱいなんでなー」

「それってどういう……って、音井さん。早っ」

「おつー」

緩《ゆる》やかな声からは信じられないほどの早足で、音井さんは廊下の向こう側《がわ》に消えていった。

出会ってこの方、全力で走る姿のひとつも拝めぬ怠惰《たいだ》の化身である彼女だが、このときばかりは廊下にベルトコンベアーでも仕込まれてるのかと疑うほどだった。

最近わかったこと。音井さんは、面倒事から逃げる時はびっくりするほど速い。サボるためなら全力を尽くせるタイプなんだろう。たぶん。

「……はあ」

ため息が漏れる。

音井さんの姿が見えなくなってから、あらためて彼女の言葉を思い返す。

『おまえまさか、アキに惚れたんじゃないだろうなー？』

私が、大星君に？

そんな馬鹿《ばか》なこと、あるはずがない。だって彼には月ノ森《つきのもり》さんっていう、大切なカノジョがいるんだから。

もし音井さんの指摘が正しいのだとしたら、私は他人の彼氏に惚れてしまったイケナイ女ということになってしまう。

影石家の掟《おきて》に従い常日頃《ひごろ》から勉学に励み、悪を裁いて正しきを実行してきた。

それを特別だと思ったことはないし、真面目《まじめ》に誠実な人生を歩むのはごくごくあたりまえの常識だと考えてきた。

だけどもし音井さんの言うことが本当だったら。

――私、すっごく悪い子なのでは?


「ああもうっ、最悪……どうしちゃったの、私。ホント、変だよ……」


モヤモヤする胸を押さえた私は、まるで逮捕されてパトカーに押し込まれる瞬間の犯罪者のようにうつむいて、廊下を歩き始めた。

ひどく極端な比喩《ひゆ》だけれど、いまの顔を他人に見られたくないという意味では大差なかった。

ふと壁に貼《は》られたポスターが目に入る。

実行委員のひとりとして自ら企画に携わって作った、修学旅行に関するお知らせ。

修学旅行。

そのたった四文字の漢字を見るだけでも、なぜか脳裏《のうり》に大星君の顔が浮かび上がってくるのだから、これはもうかなりの重症かもしれなかった。

prologue

Tomodachi no imouto ga ore nidake u

# プロローグ

顔面偏差値平均点。学校の成績は全教科突出して優れているわけでもなければ悪くもなく、良くも悪くも特徴なし。体育祭で拍手喝采《かっさい》されたり、部活のエースを務めた経験も皆無であり、美術音楽情報あらゆる分野でごく普通。ファッションセンスは店のマネキンにすべてを委《ゆだ》ね、モテる趣味などあるはずもない。

凡庸《ぼんよう》。平均。量産型。記憶に残らぬ空気な男ランキング堂々の一位を受賞できる自信が……いや待て、空気すぎて投票されなくて選外って線もあるか。

まあ何はともあれそれが俺《おれ》——大星明照《おおぼしあきてる》の、ありのままの青春ステータスだった。

学園恋愛ゲームの登場キャラクターとして、これほど面白味《おもしろみ》のない設定も珍しいだろう。

そんな無味無臭、人畜無害の無難な俺が修学旅行なんて響きだけで舌の上が甘酸っぱくなりそうな青春の一大イベントに参加したところで、物語じみた特別な出来事など起こるはずもなく過ぎ去るに違いないのだが、それは残念どころかむしろ本来の俺には望むべきことだった。

俺の青春はすべて《5階同盟》のゲーム制作に捧《ささ》げている。

まだ高校生の俺や仲間たちがこの分野で圧倒的な成果を収めたいなら、学校の青春イベントなどはノイズでしかなく、無駄な影響を受けない程度の距離で体の横をスルリと通り過ぎてくれるぐらいでちょうどいい。

そうして必要なことだけに効率的に時間を使い、最短距離で目標を達成していこうと、そんなふうに考えてきた。……ちょっと前までの俺は、そうだった。

だが皮肉な話で、いろいろあった結果、すこしだけ自分自身のプライベートってヤツを見つめ直してみるかーとか考え始めた意識の隙間《すきま》に、この『修学旅行』というおあつらえ向きの行事がスポっとハマりこんでしまったのだ。

そして今、修学旅行前日の夜を迎えた俺は眠れずにいた。

ちなみに、遠足前日に楽しみすぎて眠れなくなる例の症状的なピュアな理由ではない。

「センパイセンパイ見てくださいよセンパイ！　ようやくこのモンスター狩れましたよッ！」

「…………」

深夜の我が家、我が寝室。

電気を消して暗くした部屋の中、ぼんやりと浮かび上がる液晶の青い光。

ベッドで横になっている俺からは、ベッドに背中を預けて遊んでいるそいつの山吹《やまぶき》色の頭が見える。

カチカチカチとコントローラーを猛連打する音が無遠慮に響いている——……。

「やっぱり時代はクナイと大樽《たる》爆弾なんだよなぁ。これぞ一流ハンターの手腕ってやつですよ。

どやぁ！」

「…………」

画面の中には、地面に倒れ伏した巨大なモンスターの肉体から何かを漁《あさ》るキャラクター。

いま話題の狩猟ゲームの最新作。友達との協力プレイが売りのゲームを、完全ソロで。

「うっわ、次のボスめっちゃ強い奴じゃないですか！　ちょっとセンパイ！　センパイも寝てないで手伝ってくださいよう」

**「だあああああ、ウザい！　いつまで俺の部屋に居座るつもりだ！」**

ぶちぎれた。

ソロで遊んでるだけならまだしも、ベッドの中の俺まで巻き込もうとしやがって。

「わ。何ですか、いきなり大声出したりして。何時だと思ってるんですか？」

「その質問、そっくりそのまま包装紙に包んで丁寧にお返ししてやるよ」

「安心してください。このマンションの壁は防音性能バッチリ！　センパイ以外の人には迷惑かけないよう、細心の注意を払ってますからご心配なく！」

「ならべつに俺が大声でツッコミ入れてもいいだろ」

「私がビックリするから駄目です。センパイは私が気持ち良くゲームできるように、もてなしの精神を持ち続けなきゃならないと思うんですよ」

「彩羽《いろは》は良くて俺は駄目とか……世界に浸透しつつある男女平等の理念はどこへ……」

「男女は平等ですが、彩羽ちゃんとセンパイは男女の一般的な関係を遥《はる》かに超越したアレですから。常識でくるほうがナンセンスー、ってヤツですよ☆」

「理不尽すぎる……」

けらけらと笑って謎《なぞ》理屈を展開するこの女は、小日向《こひなた》彩羽。

マンション5階、隣の部屋に住む友達、小日向乙馬《おずま》の実の妹。——つまり、友達の妹だ。

縦横無尽に俺の部屋に入り浸り、傍若無人な振る舞いでウザ絡《がら》みしてくる迷惑な奴なんだが、今日はちょっとばかり普段と違う様子で。

「なんでこんな時間まで入り浸ってんだよ。さすがにいつも夜には帰るだろ」

「最近ずーっとママが目を光らせてたせいで、全然来れてなかったんで。センパイ成分に飢えてたんですよう。……長らくセンパイといちゃいちゃできなくて、寂《さび》しがってたんですよ？

ああ、なんて可哀想《かわいそう》な後輩。うるうる」

「待て、その泣き演技は見過ごせん。お前ならもっと感情を載せて完璧《かんぺき》に再現できるはずだ」

「あ、いまはオフなんでガチの演技指導いらないです」

「うぐ」

正論だった。

しかしまあ涙こそ演技だろうが、しばらく羽を伸ばしきれなかったのは事実だろう。彼女の母親、小日向乙羽《おとは》こと天地《あまち》乙羽さんは、彩羽にあらゆるエンタメを禁じた張本人。いつも仕事が忙しくてほとんど家にいないから気にならないが、この前のように長期休暇で四六時中家にいるときはさすがに俺の家でエンタメ三昧《ざんまい》とはいきにくい。

この隙《すき》に溜《た》まってたゲームを一気に遊び尽くしてやろうと考えるのも当然っちゃ当然なんだが――……。

「べつにあわてて今夜やり尽くさなくても。俺が修学旅行でいない間は、この部屋、いつでも勝手に入っていいぞ」

「む。それじゃ意味ないんですけどー」

「……なんでだよ」

「そりゃあ、センパイがいてこそのセンパイんちですし？」

「遊ぶだけなら俺がいなくても同じだろうが」

「……はぁ〜。わかってない。わかってないなぁ、センパイは！」

やたらと深くため息を吐き出した彩羽は、重要な証拠を突きつける検事の如《ごと》く、ズビシッと指をこちらに向けて。

「同じ映画でも映画館と配信サービスで違うように！　同じ音楽イベントでもライブ会場現地と配信で違うように！　センパイをいじれるか否《いな》かで、この体験の楽しさはまったく変わってくるんですよ！　リモートで絡んだところで同じ臨場感は得られません！」

「無駄に頭のいいたとえ話はやめろ。余計に頭が悪く見える」

「とーにーかーくー。センパイが修学旅行に行っちゃう前に、たっぷり充電したいんですっ」

「あのなぁ……。てかこんなんばっかりだな、最近……」

深夜、寝る前に同じ部屋に女の子がいる環境。

それを『こんなんばかり』なんて表現したら、オズの奴にまた果報者めといじられるような気がするけれど。

事実、つい最近も朝まで俺の部屋に泊まっていた奴がいるわけで。

――月ノ森真白《つきのもりましろ》。

そいつの顔が脳裏《のうり》に浮かんでしまう。

塩対応と毒舌が目立つ、名は体を表すの言葉通り、真っ白な雪のように冷たい幼なじみ。兼、従姉妹《いとこ》、兼、契約で結ばれた偽のカノジョ。……属性が多すぎる気もするが、それだけ俺と縁が深いってことで。

いくら設定上付き合ってることになってるとはいえ、以前に告白してきていまもまだ諦《あきら》めてはいないって知ってる奴を家に泊めてしまったのは、さすがに迂闊《うかつ》すぎた。

紫式部先生《むらさきしきぶせんせい》のトラブルを解決する方法を一緒に考えてただけなので後ろめたいことなどは何もなかったのだが、それでも真白の母親に堂々と事情を説明できなかったのもまた事実だったり。

そして、あれから大して時間も経《た》たぬうちに今日のこれである。あきらかに反省の色がない男の行動である。

「違う。俺が望んでるわけじゃないんだ。だいたい修学旅行前日なんだぞ……色気より眠気。姦淫《かんいん》より睡眠。そう望むのが普通ってモンだろう……」

「なにブツブツ言ってるんですか？　ひとりごとばっかり言ってると、変な人認定されて友達できなくなりますよ」

「ひとりごとじゃない。神様への言い訳だ」

「や、訂正の仕方間違ってません？　そっちのほうが百倍ヤバいですって」

彩羽はドン引き気味の声で言う。

夢の世界に旅立つ寸前でむりやり意識を引き止められているのだから、ちょっとくらい支離滅裂でも許してほしい。

論理思考力の低下が著《いちじる》しいお豆腐頭に限界を感じた俺は、逃げるように彩羽に背を向けて布団《ふとん》をかぶった。……が、すぐにばさぁっと剝《は》がされる。

「…………」

「にゅふふ」

顔だけで振り向き胡乱《うろん》げな眼差《まなざ》しを向けると、意地悪～くニヤニヤした彩羽の顔。

この野郎と思いつつ、ふたたび布団をかぶり――……。

「ばさぁっ！」

「だあああああもういい加減にしろ！　なんの嫌がらせだっ‼」

今度は口で効果音までつけて布団を剝がされて、さすがに仏の俺もブチぎれた。

仏なのに三度まで待たずに二度目でキレてるじゃないかって？　本家本元の仏さまが三度なら、分家以下はそれ以下のクオリティでも許されるだろ。知らんけど。

「ふっふふふーん♪　今夜は寝かせませんよーっ☆」

「なにテンション上げてんだ。明日から修学旅行だっつってんだろ。寝かせろっ」

「だからこそなんですってば。寝坊して置いてけぼりになったらネタになるじゃないですか。あの超人的な自己管理を徹底するセンパイが見せる、ひとさじのおっちょこちょい……好感度爆上がり、クラスの人気者間違いなし！　おめでとうございます、この修学旅行はセンパイの独壇場ですよ☆」

「いらん気遣いにも程がある……。彩羽や友坂《ともさか》じゃあるまいし、人気者になんかなりたくねーよ。なれっこねーし」

常に教室の中心で注目を浴びている優等生と、その友達で、人気を競い合ってる友坂茶々良《ささら》の顔を思い浮かべながら言う。

陽《よう》キャとか陰キャだとかの前に、彩羽と茶々良には、普通の人間にない華がある。

素の顔の良さはもちろんのこと、表には見せていない才能——彩羽なら役者の才能、茶々良ならSNSを征する才能にそれぞれ裏づけられた、醸《かも》し出《だ》される自信とカリスマ性。

そういったものが二人を人気者たらしめているのはあきらかで。

普段は空気扱いの俺がちょっと悪目立ちしたところで、その圧倒的な地位に並べるかもしれないなんて、仮説にしてもおこがましい。

「でもセンパイ、リア充《じゅう》やる気になったんですよね？」

「……多少、青春っていうか、プライベートを見つめ直すだけだ。べつにリア充になろうとは思わん。つーか、なれん」

「えーっ、ちょっと自己評価低すぎません？　センパイならその気になればすぐだと思うけどなぁ」

「根拠を示せ、根拠を。曖昧《あいまい》な根拠で企画を出すな」

「日常会話に企画脳を持ち込まないでくださいよっ。センパイってば、何のために『黒山羊《くろやぎ》』の運営をお休みしてると思ってるんですか」

「正論で殴るなよ……」

あきれたように肩をすくめる彩羽に、俺の口から情けない声が漏《も》れる。

指摘はごもっともだ。

カナリア、天地乙羽、月ノ森海月《みづき》。一流の仕事人たちから話を聞いたり、昨今のハニプレの事業展開を観測するにつれて、《5階同盟》や『黒山羊』はこのまま閉じた世界で楽しまれるだけに甘んじてはいけないと考えるようになった。

とはいえうちは予算も人員も少ない、弱小も弱小のチーム。無理をすれば先日の菫《すみれ》のように体を酷使し、故障してしまう。

仲間を休ませるには、まず率先して自分が休むべし。そしてその余暇を使って、より多くの人と交流し、『黒山羊』のファン層だけに留まらぬ、より広い世界との接点を見つけ出し、今よりもさらにヒットする作品を作るアイデアをひねり出す——……。

とまあ、描いた青写真はそんなところなんだが、いきなり同級生と和気あいあいと盛り上がれたら苦労しないんだよなぁ……。

「一般人と溶け込むためにも、ここは私と夜通し遊ぶべきだと思うんですよ」

「意味不明な理屈を押し通そうとすんな。遊びたいだけだろ」

「正解ッ！」

「開き直んな——ッ!!」

いつもの百倍ぐらいしつこくまとわりついてくる彩羽。

もしかしてご主人様が旅行に行く前日の犬や猫もこんな甘え方をしたりするんだろうかと、ペットを飼ったこともないなりに想像してしまう俺だった。

しかし困ったな、これ。このまま眠れなかったら、明日の修学旅行、ガチで遅刻しかねない。

クラスで浮くのは御免なんだが——……。

という俺の心配は、結論から言えば杞憂《きゆう》に終わった。

「すぴー……すぴー……むにゃむにゃ……」

数分後。あれだけテンションMAXだった彩羽は、適当に放置した洗濯物みたいにべたーっと上半身だけをベッドに預けて爆睡していた。

「そういえば彩羽、健康優良児だし。べつに夜更かし得意でも何でもなかったな」

無茶しやがって。

たった数日の修学旅行、今生《こんじょう》の別れってわけでもないのに、不慣れな夜更かしまでして一緒にいるとは。

まったく、この友達の妹はどこまで甘えん坊なんだか。

完全に電池切れで力尽きた彩羽の寝顔を眺めて、微笑ましい気持ちになっていると、俺の瞼《まぶた》も自然と重くなってくる。

「……おやすみ」

と、誰《だれ》が聞いてるわけでもない言葉をこぼして、俺はゆっくりと眠りの沼に沈んでいった。

＊

「……寒《さむ》ッッッ！」

突然の冷気を感じて、俺は飛び起きた。

なんなんだいったい⁉

半ば強引に叩《たた》き起こされた形の俺は、上半身を起こすや否や反射的に室内を見渡した。

睡眠妨害への怒り、ではない。

どれだけ時間が経過したのか知らないが、肉体の回復具合から察するにおそらく適切な睡眠時間は確保できている。

しかしセットした覚えのない目覚まし時計がいきなり鳴り出したら警戒態勢になるのが人間って生き物だ。

常日頃《ひごろ》からお隣さんに不法侵入を繰り返され、よくわからん方法で不意打ち気味に起こされる俺のような人間には、特にそう。

迅速《じんそく》に起き、神速で犯人（主に彩羽）を特定し、全力で説教してやる必要がある。

「おい、いったい何のつもりだ⁉」

「は？　それはこっちのセリフだけど？」

「なっ……真白っ、さん……？」

ベッドの横。

俺を見下ろすようにして、銀髪の美少女が仁王立《におうだ》ちしていた。

月ノ森真白。塩対応と毒舌が目立つ、名は体を表すの言葉通り、真っ白な雪のように冷たい……って、もうそれはいいか。

とにかくその真白が、凍《い》てつくオーラを全身から発してそこにいた。

雪なんてレベルじゃない。猛吹雪《ふぶき》だ。

ぎろりと睨《にら》みつけるその目は、視線そのものに殺傷能力があるんじゃないかってほど俺の肌にグサリと刺された感触を与えてくる。

ちなみに、さっきとっさに敬語になってしまったのは真白の迫力が凄《すさ》まじすぎたからだ。

まさかこの寒さもそのせいか？　と思ったが、さすがにそんなオカルトはあり得ず、寝室の窓が全開になっていて、そこから冷たい秋の朝風が吹き込んでいるだけだった。

いや、だけ、で片づけられることじゃないが。

「おま、部屋の窓、勝手に……」

「開けたけど。それが何？」

「……何でもないです」

有無を言わさぬ口調に自然と背筋が伸び、ベッドの上で正座してしまう。

おかしい。

人の部屋に勝手に侵入して勝手に窓を開けた真白に、なぜ家の主である俺が謝る必要があるのか。

というか、なぜ早朝から、こんな攻撃を受けなければならないのか。

「えー、あの、真白、さん。どうして怒って、る、んでしょうか」

「わからないんだ?」

「えー、あー、はい。恐れながら、まったくもって心当たりがなく」

「ふぅん。じゃあそこで彩羽ちゃんがスヤスヤ寝てるのは、ごくごく普通のありきたりな日常の一幕ってこと?」

地獄行きの宣告めいた勢いで下のほうを指さす真白。

つられてそちらを見てみたら、そこには彩羽が昨夜の姿そのままに、幸せそうに呑気《のんき》な寝顔を見せていた。

「カノジョ持ちの設定、どこに消えたのかな。それとも、設定を守った上でも、アキは女の子を連れ込むのがデフォルトなの?」

「あー……」

「浮気者《うわきもの》」

**「大変申し訳ありませんでした!!」**

言い訳の余地もなく俺がクズだった。

いや、実際は真白とは付き合っていないんだけどな？

でも真白には、文句を言う権利があるわけで。

「信じられない。最低。へんたい。色情魔」

「違うんだ！　誓って変な行為はしてない！　真白は誤解してる！」

「は？　言い訳の上に、責任転嫁？　真白の理解力に問題があるって言いたいんだ？」

「そ、そういうわけではなくっ」

「アキって、悪いことしたときにどうすればいいか知らないんだね。小学生でもできると思うんだけど。がっかり」

「すまん！　本当にすまん！　俺が悪かった！」

「謝れば許されると思ってるの？」

「くっ、理不尽なセリフなのに、それにさえツッコミが許されない気がする」

「もちろん許されない。おとなしくサンドバッグになればいいんだ。……ふんっ」

頰《ほお》をふくらませ、そっぽを向く真白。

そしてとがらせた唇の隙間から、ぼそりと言葉を漏らす。

「せっかく修学旅行で距離を詰めるチャンスと思って、勇気を出してきたのに……さいてい」

「えっ……と……大変申し訳ありません。聞き逃してしまったので、わたくしめの弱い耳にも聞こえる音量でもう一度よろしいでしょうか」

「新婚旅行前日に女を連れ込んでよろしくヤッてる最低男はしねって言っただけ」

「だけ、ってレベルじゃない辛辣《しんらつ》さだな⁉ ……あとさりげなく新婚旅行に変えるな」

「は？ 的確なツッコミとか何様のつもり？」

「……申し訳ありませんでした」

「ふん。……なるほどね。ゲームしにきてたんだ」

不機嫌そうに鼻を鳴らすと真白は、彩羽の手の横に転がるコントローラーと、つけっぱなしのテレビ画面で受付嬢と見つめ合ったまま永遠に待機モーションを維持しているハンターの姿を一瞥《いちべつ》してそう言った。

どうやら冷静さを取り戻してくれたらしい。

「そうなんだよ。乙羽さんが出張でいなくなったからって、好き放題ゲーム三昧したかったんだと。まあ、べつに俺が修学旅行中にいくらでも好きに遊びにきていいんだから、べつに昨夜にこだわらなくてもよかったのにな」

「アキ、そういうところどうかと思うよ。敵ながら同情する」

「え？」

「あ、ううん。……真白としてはそのほうが都合いいし、べつにいっか」

何の話をしてるんだ？

俺の周囲の女子はたまによくわからんことを言ったり、いきなり声を小さくしたりするんだよなぁ。もし何か重要な情報を聞き逃してしまっていたら非効率極《きわ》まりないわけで、なるべく聞こえるように言ってほしいんだが。

しかし何はともあれ真白の怒りが収まったようで何よりだ。

変な地雷が爆発《ばくはつ》しないうちにさっさと起きて、この場をやり過ごしてしまおう。

そう考えながら立ち上がろうとしたとき、シーツのこすれる音とともに、寝ている彩羽の体がもぞもぞと動いた。

「うーん……センパイ、寒いですよう……むにゃむにゃ……」

寝言を言いつつ掛布団をたぐり寄せる。しわくちゃになったそれにぐいっと顔をうずめて、

彩羽は――……。

「くんくん。センパイのにおい、落ち着くなぁ」

「……ッ……いっ、い……」

真白爆弾の導火線に、思いっきり火をつけやがった。

「彩羽ちゃんん……いいかげんに……起きろーっ……！」

＊

『俺の彼女と友達の妹が修羅場《しゅらば》すぎる――的なラノベタイトルを思い出すね、アキ』

『ノーモーションから流れるように怒られそうなことを言うのやめろ。その調子でいつか越えちゃいけないラインを越えそうで怖いんだよ、お前……』

『いや、正確には、俺の従姉妹と幼なじみでニセ彼女と友達の妹が修羅場すぎる、かな』

『ややこしい属性を全部詰め込むな。情報を正確に伝えようとしすぎて逆に何も伝わらないやつだぞ、それ』

# 001

Tomodachi no imouto ga ore nidake uzai

# 第1話・・・・・同じ班のクラスメイトが俺にだけウザい

「やべ、もうほとんど集まってるみたいだ。もしかしたら俺《おれ》たちが最後かもな」

「アキのせいで遅刻しかけた。猛省して」

「いやあれは彩羽《いろは》が事態をややこしくしただけで……って、さすがにもう水に流してくれよ。修学旅行の間も引きずるつもりか？」

「……ん。そうだね。ギリギリ百歩妥協して執行猶予で勘弁してあげる」

「寛大な措置、ありがとう」


なんてことを言い合いながら、俺と真白《ましろ》は、東京駅構内を早足で歩いていた。

視線の先には見慣れた制服の集団がいる。広々とした構内に同じ制服の生徒たちがずらりと並ぶ様子は壮観だった。

そう、修学旅行の集合場所は、ここ東京駅。

京都行きの新幹線に乗り込む必要があるため妥当な集合場所だと思うが、おかげで地元からここまでの間、俺と真白はずっと同じ電車で、隣同士で座りながら来ることになってしまった。

よりによって今朝《けさ》の修羅場《しゅらば》の直後である。

正妻の制裁って勢いで冷たく怒る真白と、怒られてあわてふためく俺をクスクス笑いながら茶化《ちゃか》してくる彩羽。

まさか彩羽の奴《やつ》、真白の本音を知ってるのにあの場面でもウザ絡《がら》みをやめないとは……。

文化祭の日、これからもっとウザくなる的な発言をしてきたが、そのせいだろうか？

まあ、いずれにしても、だ。

気まずい空気を引きずっていたせいで、どうにも居心地の悪い移動時間だった。

こんなときに限ってオズの奴は別行動だったし……なんなんだよアイツ、前日から東京駅近辺のホテルに前泊してたって。俺より効率的な行動しないでほしい。数少ないアイデンティティが脅かされるだろ。

「……あっ」

ふと横を見たとき、俺は、思わず声を漏《も》らした。真白の横顔が、気まずかったはずのさっきまでよりもむくれて不機嫌さが増している。

「なあ、真白」

「……なに？」

「楽しい修学旅行にしような」

「朝からさんざんムカつかせておいて、説得力皆無」

返す言葉もねえ。

まったくもって真白の言う通りなんだが、それでも俺は真白にそう伝えたかった。

夏祭り、樹上で花火を眺める真白の顔を思い出す。勇気を出して、もっと俺に近づくのだと豪語した真白だ、この修学旅行にかける想《おも》いも並々ならぬものがあるはずだ。

俺自身の気持ちがどこにあるかわからない以上、真白の望む結果に至るかどうかは何とも言えない。

だがそれでも、恋愛感情とやらの行き先がどうであれ、真白にとって修学旅行が楽しい思い出になってほしいと思ってしまうんだ。……ああそうだよ。無責任で身勝手な、俺の一方的な感情だよ。

そう思っていると、真白はむくれた頬《ほお》から空気を抜いて。

「でも、ありがと。楽しもうね、アキ」

まだすこしいじけた雰囲気を残しながらも、ほんのりと語尾を柔らかくしてくれた。

そして、また歩き出す。

俺と真白が近づいてくるのに気づくと、制服集団の中のひとりが軽く手招きしていた。

爽《さわ》やかな笑顔で俺たちを出迎えたのは、言うまでもなく俺の唯一の友達、文化祭のミスターコンテストを経て名実共に校内一のイケメンとなった男、小日向乙馬《こひなたおずま》。通称、オズ。

「今朝はお楽しみだったみたいだね」

「……お前、全部わかってて楽しんでないか？」

「え、何のこと？　家に母さんも僕もいないのをいいことにアキの部屋に転がり込んだ彩羽と月ノ森《つきのもり》さんが鉢合わせて修羅場るなんてシーン、僕は観測してないけど」

「観測してないくせになんでピタリ賞なんだよ！」

「予測はしてたからね」

「くっ……理系人間のくせに妙な言葉遊びをしやがって……」

ニコニコと微笑《ほほえ》む親友を俺は恨めしく睨《にら》みつけた。

この小日向乙馬という男、基本的には良い奴なんだがさすがは彩羽や乙羽《おとは》さんと同じ小日向の血族、天性のＳっ気を秘めてやがる。

などと俺とオズがこっそり話していると、いきなり、ドン、と肩に重みがのしかかった。

「おう、な〜にイチャイチャしてんだ、大星《おおぼし》。月ノ森さんが嫉妬《しっと》しちまうぜ！」

「うおっ⁉　……なんだ、鈴木《すずき》か」

驚いて振り返ると、浅黒い肌と磨き抜かれた白い歯が健康的な、筋肉質の男子生徒の顔。

秋？　寒さ？　何それ俺の基礎代謝に勝てるの？　と言わんばかりに半袖《はんそで》の制服ワイシャツをボタン全開にして挑戦的にタンクトップを覗《のぞ》かせている。

以前、俺のささやかないたずら心のせいで体を鍛え始め、気づいたら本当にマッチョに進化していた男。席が近かったことから流れで修学旅行の班が同じになったことで俺もようやく彼のフルネームを覚えたんだが、こいつは鈴木武司《たけし》というらしい。

不意打ちで組まれた肩から感じる重みが彼の筋肉量と、圧倒的な努力の軌跡を示している。

「なんだってなんだよ、ドライだなぁ。筋トレ足りてないんじゃねえか？」

「確かに今朝は慌ただしくてできてないが……これでも毎日欠かしてないぞ」

「おっ、いいねぇ。トレーニーの鑑《かがみ》だねぇ～！」

馴《な》れ馴れしく笑う鈴木。

すこし前は距離の近さに辟易《へきえき》していたが、今回ばかりは馴れ馴れしさにも正当性がある。

何せこの修学旅行では同じ班のメンバー同士なのだから。

他にも仲良くしてる男子なんかいくらでもいるだろうに、どうしてまた俺と同じ班に？　と訊《き》いてみたら。

『他の奴とはいつでも絡めるからいいんだよ。大星、毎日忙しそうにしてるからよ。せっかくだからこのタイミングでダチりてーんだわ』

と即答された。

滅茶苦茶《めちゃくちゃ》イイ奴すぎた。こんなにイイ奴だと知ってたら、素直に菫《すみれ》へのアプローチを応援してやったほうがよかったかもな……。

とまあ、そんなわけで。これは班員同士のスキンシップなわけだが、それはそれとして暑くて鬱陶《うっとう》しい。

「誰《だれ》がトレーニーだ。一緒にすんな。てかいくらなんでも距離感近すぎんぞ、お前」

「楽しい旅路を一緒するんだ、仲良く行こうぜ。なぁ、小日向？」

鈴木はニカっと笑い、オズにも水を向ける。

すると、

「…………。えーっと」

一瞬、オズは笑顔のままピタリと停止した。

返す言葉を選んでいたのだろうか、ＰＣのビジー状態めいた間を空けてオズは口を開く。

「お手柔らかに頼むよ。鈴木君」

「何か日本語おかしい気が……まあ細けーことはどうでもいいっか！　おう！　よろしくな！」

「オズ……？」

豪快に笑い飛ばす鈴木の陰で、俺はその違和感をスルーできずに眉《まゆ》をひそめた。

巻貝《まきがい》なまこ先生のシナリオに残された些細《ささい》な日本語の間違いを指摘する仕事脳がそうさせる……わけではなく、中学時代からの付き合いである俺だからこそ気づけた、継ぎ接ぎの縫い目。

「あ、鈴木。菫先生の黒ストッキングの脚線美が――」

「マジか⁉　どこだ⁉」

適当な場所を指さしていいかげんなセリフを口ずさんだら雑に釣られた鈴木が、俺たちから身を離してそちらのほうを凝視した。もちろんそっちには何もない。いくらしょうもない大人だとはいえ、仲間である菫の脚線美を売り払うほど地に堕《お》ちるつもりはなかった。

　気を逸《そ》らした隙《すき》に俺はオズの耳に顔を寄せ、小声で言う。

「なあオズ。大丈夫なのか？　――引き出し」

「あらら。やっぱりアキの目はごまかせない、か」

「そりゃあな。……教室でのコミュニケーションは完璧《かんぺき》になってきてたはずだが、修学旅行はイレギュラーすぎたか？」

「さすがにサンプルが少なすぎたね。……女の子との会話ならギリギリどうにかなりそうだけど、男子のはどこ探してもなかなか見つからなくて」

　女はOK、男はNG。そう表現したらオズがとんでもない女たらしに聞こえるかもしれないが、真実は当然そうじゃない。

「日常テーマのゲームや漫画でも修学旅行シーンが含まれた作品は限られるからなぁ」

「女子向け作品なら男同士のやり取りも多かったんだけどね。菫先生にオススメされたやつ。なんとなく嫌な予感がして、参考にするのをやめておいた」

「正解。そういう判断ができるようになってるあたり、成果はしっかり出てるんだがな」

「あはは。アキにはさんざん迷惑かけたからね。同じミスを繰り返したくなくてさ」

　頰を搔《か》き、苦笑を浮かべるオズ。きっと俺とまったく同じシーンを思い出しているんだろう。

昔、人の気持ちがまるでわからず教室に馴染《なじ》めなかったオズに対して、俺はゲームやら漫画やらの創作を通じてコミュニケーションの基礎を教え込んだ。

正確には、「物真似《ものまね》」を、勧めた。

理解できなくてもいい。納得できなくてもいい。自らの意思すらなくていい。

ただ相手の反応やセリフに対して、用意された回答を返すだけでも、ギリギリ社会性を保つことはできる。付け焼刃とわかっていながらも、せめてこいつが教室から排除されたりしないように……高校デビューさせるために、そう教育した。

そのせいで借りた女子向け作品に影響され、オズが菫の目の前で、俺に対してＢＬムーブをやらかしたことも……ああ、あれは黒歴史なので思い出したくない。

ナマモノでの妄想は自重できる程度の節度を保っていた当時の菫の倫理の枷《かせ》をぶっ壊しちまったあの事件は、俺に「覆水盆に返らず」ってことわざの教訓を痛いほど刻みつけてくれた。……マジで取り返しのつかん出来事だったよ、あれ。

――過去を振り返るのはやめよう。そんなことより、いまどうするかだ。

「お前がボロを出さないように俺も気をつける。……応急処置でしかないけど、班行動では、会話サンプルの多い女子と会話するよう心掛けてくれ」

「そのほうが無難だよね。――了解」

オズとそんな会話を交わしていると、ふいに服の裾《すそ》が引っ張られた。

「いつまで仲良ししてるの？」

振り返ると、ふくれっ面《つら》の真白がいた。

じとっと湿り気のある眼差《まなざ》しで男同士の内緒話を咎《とが》めてくる。

「男友達に話しかけられたらカノジョを放置して、そのままずーっと長話。……さいてい」

「う……。いや待て。さっき、不機嫌は水に流そうって話したばかりで……」

「執行猶予。日本語の意味、知ってる？」

「……いちおう。一般教養の範囲では」

「ならわかるよね。猶予期間中に罪を犯したら死刑」

「それはいくらなんでも重すぎませんか」

「うるさい。反省してるなら真白を放置しないで。しっかり彼氏の役目を果たして。楽しい修学旅行にしてくれるの、真白、期待してるんだから」

「あ、ああ……」

言いながらコアラのように俺の腕に組みつき、体重を預けてくる。

気持ちはわかる。わかるが、人前でこの行動はちょっと大胆すぎやしないか？

ほら、周囲の生徒たちの視線が自然と集まってきてるし。

最近ますます海月《みづき》さんに似た美人に成長しつつある真白の熱烈なアプローチ。男子の羨望《せんぼう》もひとしおで、視線がチクチク肌に刺さる。

客観的に見れば、俺はかなり恵まれた環境にいる……ってのは、さすがにもう自覚している。

そしてそういうふうに見られているのはある意味で理想の状態だ。

もともと真白にニセの恋人が必要だったのは悪い虫を寄せつけず、いじめに巻き込まれるリスクも減らし、安心して学校に通える環境を担保したいからだ。

彼氏持ち、さらにここまであけすけなＬＯＶＥを見せつけられれば男子はほとんど意気消沈。女子としても、相手が地味なフツメンのパッとしない男とくれば、どうぞご自由に取り放題ですと笑顔で歓迎してくれる。変な嫉妬を向けられたり、恋愛感情のもつれでトラブルなんてことも起こり得ない。

非モテならではの爆アドだぜ、ハッハッハ。

…………。うるさい。泣いてねえよ。

「ちょっとぉ、月ノ森さん。せっかくの修学旅行なのに、それはないでしょ」

「……ッ！」

「え？」

思わず間抜けな声が漏れた。

クラスメイトの女子が真白を咎めるようなセリフを投げてきたことと、腕に密着した真白の、びくりと震えたその反応が、完全に予想外だったから。

……あれ？　おかしいな。

真白はうまくやれていたはず。俺も、真白に友達を作らせてやるまではいかずとも、少なくとも敵は作らないようにコントロールできていたはずなんだ。

それなのに。

どうして目の前の女子生徒は、不満たらたらの目を俺たちに向けている？

腕にひっついたままの真白も嫌な予感がしているのか、青ざめた表情で足元を見ている。とてもじゃないが声をかけてきた女子生徒の顔を見られないんだろう。その気持ちは俺も痛いほどわかった。

「え、えーっと。見苦しかったなら謝る。だから真白のことは――」

「大星ばかりズルい！　月ノ森さんを独占すんなカス！」

「――あまり悪く言わないでやってほしいんだ……って、むしろ責められてるの俺か⁉」

「ほら月ノ森さん、こっち」

「ひゃっ⁉」

「お、おい。そんな強引に引っ張るなよ。……って、怖ッ！」

細腕からは信じられない剛力で真白の肉体を引き剝《は》がした女子生徒。彼女は抗議の声を上げた俺をギロリと睨みつけて、天敵を見つけた蛇《へび》のような威嚇《いかく》体勢で。

「あたしらだって月ノ森さんとイチャイチャしたいの！」

ものすごくうるさくて、ありえないほど（ＩＱが）低い自己主張をぶつけられた。

見た目も脳味噌もゆるふわな雰囲気の茶髪ウェーブ、艶《つや》めくアイシャドウが特徴的な派手系女子。

クラスメイトの名前をよく憶えていない俺でも彼女の名前はさすがに知っていた。

ちなみに彼女が有名人だとかそういう理由じゃない。同じ学校、同じクラス。そんな身近にそう何人も有名人がいるわけないいし。

高宮明日香《たかみやあすか》。

なぜ彼女の名前を俺が知っているかというと、単純な話、修学旅行の行動班が同じだったからだ。

俺、オズ、鈴木の男子３名。

真白、高宮、そしてもうひとり、高宮の隣にいる真面目《まじめ》そうな女子――舞浜京子《まいはまきょうこ》で女子３名。

合計６名が行動を共にする班のメンバーだった。

「せっかく同じ班になれたんだし女子同士盛り上がろうよっ。ね、京子もそう思うでしょっ」

「う、うーん。月ノ森さんは彼氏と過ごしたいんじゃないかな……」

「えーっ。教室でもいつもラブラブじゃん！　こういうときぐらい譲ってよ〜。ねっ、月ノ森さん！」

「ま、真白と一緒にいて、楽しいなら、いいけど……」

「よっしゃ言質《げんち》ィ♪」

言質の意味も知らなそうなノリで真白の体を抱き、買ったばかりのぬいぐるみみたいに振り回す高宮。

されるがままの真白は意味のある言葉すら発せず、あーあーあーと目をグルグル回していた。

いつもの毒舌は鳴りを潜め、完全な受け身姿勢。

同じテンションの高さで絡まれても彩羽や菫には鬱陶しそうに引き剝がして毒舌を返せるのだが、やはりそこまでの関係性を構築できていない相手には、内気な性格のほうが色濃く出てしまうのだろう。

夏休みを経てひと皮むけた真白がさらに一歩踏み出して友達を増やす上でも、この修学旅行は大事なイベントになるかもしれないな。

——ま、とはいえ、だ。

今回は俺自身が充実したオフを過ごせるかどうかも大事だ。あんまり真白のことばっかり見てたら、またプロデュース脳を卒業できてないって《5階同盟》の奴らにあきれられちまう。

などと考えていると、ふと周囲の空気が変わった。

生徒たちの雑談がピタリ、ピタリと、先頭グループから順番にバケツリレーのように音を失くしていき、やがて俺たちの班も全員が会話をやめた。

うちのクラスだけでなく、すべての生徒が息を呑《の》んで前方に注目すると、高らかにヒールの音を鳴らしてひとりの女教師が堂々たる姿を晒《さら》した。

「躾《しつけ》が行き届いているようで結構ね。――褒めて遣わす」

朝風になびく菫色の髪は女王の証《あかし》。

およそ教職員が取るとは思えない不遜《ふそん》な態度で君臨するのは、修学旅行を統括した担当の教師――修学旅行限定で学年主任よりも権力を手にし、正真正銘の《猛毒の女王》へと進化を遂げた女、影石《かげいし》菫。

質実剛健、文武両道、己《おのれ》に厳しく他人に厳しく、玄武岩《げんぶがん》が如《ごと》き精神で厳格な指導を徹底する教育の鬼。

……と、なぜか周りから思われているが、実はこいつの正体はそんな上等なモンじゃない。

自由奔放、奇技淫巧《きぎいんこう》、自分に甘く、他人にも甘く豆腐の如き精神で厳格な〆切《しめきり》をぶっちぎるスケジュール管理的な意味で鬼。仕上げるイラストの超絶クオリティで駄目さはほぼ相殺《そうさい》されているが、自分を棚上げした指導のせいでやや駄目側に針が振れているのが残念だ。

ブーメランの腕前は修学旅行でも健在なようで――……。

「引き続き精進なさい？　団体行動を乱すガキを見つけたら、容赦なく潰《つぶ》すわ」

鬼軍曹の如き眼差しで菫は生徒たちに釘《くぎ》を刺した。

……まあ、裏側を知ってると微妙な気持ちになってしまうが。

浮《う》ついていた空気が一気に引き締まったのを見るに、これでも教育者としてはしっかり優秀なんだろうな。たぶん。

「……ん？」

ふとポケットの中でスマホが震える感触があった。

取り出して画面を確認すると、彩羽からのＬＩＭＥメッセージで。

《彩羽》センパイ！　センパイにいますぐどうしても伝えたいメッセージがあるんです……

ほう？　いったい何だ？

いかにも深刻そうな書き味なので、どうせくだらないオチなんだろうなと予想しながら適当にあしらうようなスタンプを送り返す。

すると一秒で既読がついて、二秒で返信がきた。

《彩羽》このメッセージを見たあなたは呪《のろ》われました。呪いを解除するためには二十四時間以内に隣の家に住む一歳下の後輩の女の子に「大好きです。二度とあなたには逆らいません」

と誓いのメッセージを送ってください

いつの時代のセンスだよ。

ＳＮＳ全盛期の現代に、こんな古典的な呪いのメッセージに騙《だま》される奴がいるのか？　……まあ、彩羽もただの悪ふざけで、本気で騙すつもりはないんだろうけど。

とりあえず俺は「学校でスマホいじってないで、おとなしく授業受けてろ不良娘」と返しておく。

一秒後、あっかんべー、のスタンプが返ってきた。

それにしても彩羽め。距離が離れててもＬＩＭＥで遠隔ウザ絡みをしてくるのか。

「……って、ヤバ。マジかよ……」

この調子で何度も彩羽から連絡が来るならスマホの充電に気をつけなければと思ってバッグを漁《あさ》り、愕然《がくぜん》とした。

――携帯用の充電器、家に忘れた。

やっちまった。そういえば今朝、真白と彩羽がドタバタしてたもんなぁ。

あの騒動に気を取られて、持ち物確認が疎《おろそ》かになっていた。

充電が切れたら不便だが、いざとなったらオズに頼めば貸してくれるだろう。エンジニアでありデバイスマニアでもあるオズは外出時には必ず複数のスマホ端末と、全機種対応の充電器、アダプタを持ち歩いてるからな。持つべきは頼れる友達ってやつだ。

各クラスの点呼と女王による注意事項の説明が終わると、俺たちはさっそく移動を始めた。

いくつかのグループごとに時間を分けて、新幹線に乗り込んでいく。生徒たちだけで同じ時間に駅を発つ車両の全《すべ》てを占拠するわけにいかないから当然だが、別行動が増えればその分だけ引率者の管理コストも増えて、しんどいよなぁと苦労を想像してしまう。

ああうん、すまん、自分でもわかってる。普通の青春脳とはかけ離れたこと考えてるよな。でも仕方ないだろ、こういう思考が染《し》みついてるんだから。

うちのクラスが乗るのは特進クラスと同じ時間帯。

修学旅行実行委員長の肩書きを持つ翠《みどり》のいるクラスと、彼女が敬愛する姉——菫が担任を受け持つクラスが同じ新幹線ってのはさすがに汚職がすぎると思うんだが気のせいか？

引率者と実行委員は席が近いらしいしなぁ……。

新幹線に乗り込み、スーツケースを荷物置き場に並べながら、視界の端に入り込んだ翠へと疑惑をこめた視線を向ける。

すると翠もこちらに気づいたらしく、ハッと目を見開くとつかつかと足音を立てて近づいてきた。

「ち、ちょっと。なんでジロジロ見るのっ。やらしいこと考えてないよねっ？」

「いや、どっちかというと、翠部長がやらしいこと考えてるんじゃないかと疑ってるんだが」

「は⁉　い、いいい意味わかんない。変な言いがかりはやめてっ」

「あー……すまん。そうだよな。さすがに証拠もなしに不審者扱いは不躾《ぶしつけ》すぎた。完全に俺が悪い。素直に謝るよ」

やらかした。さっきまで考えていたことを素直に口にしてしまったのは軽率だった。

お姉ちゃん大好きだから一緒に行動したかったんだろうなんて、いくらなんでも決めつけがすぎる。失礼極《きわ》まりない下衆《げす》の想像だ。

「ただ、うちのクラスと特進クラスが同じ新幹線ってところに作為を感じてな」

「――ぎくぅっ⁉」

「……ん？　どうしたんだ、翠部長。いまなんか、やたら古典的な『図星を突かれたキャラ』みたいな反応をしてたような」

「ききき、気のせいっ。気のせいだからっ！」

ブンブンと両手を振る翠。顔を真《ま》っ赤《か》にして、必死の形相《ぎょうそう》で弁明する。

「作為なんかあるわけないでしょ！　いくら私が修学旅行実行委員だからって、あらゆる決定は合議で決まる以上、何でもかんでも思い通りになるわけないよ！　大いなる上位存在が世界の裏側であらゆる決定権を握ってるだなんて根拠もない陰謀論を信じるのは合理性に欠けると思うけどそこのところどうかなっ⁉」

「あ、ああ、そうだよな。ホント、ぐうの音《ね》も出ない正論だと思うよ」

だからさっき謝ったんだしな。

「無暗《むやみ》に疑って悪かった。そうだよな、いくら翠部長でも菫先生と一緒がいいからって——」

「わかればいいの。いくらなんでも大星君と同じ新幹線で行きたいからって強引に組み分けを操作するなんて許されるはずないんだから」

「——強引に組み分けを操作するなんて許されるはずが……って、なんでそこで俺？」

セリフを言い切る前に翠がまったく同じ、それでいて肝心の主語が食い違っているセリフをかぶせてきたので、セリフキャンセルからの即座にツッコミ。

なんだこの、些細なようで致命的なズレは。

「えっ⁉　な、ななななんで大星君って。そ、そそ、それは……」

右、左、右、左、上、下。プロゲーマーも驚きの入力速度でぐりんぐりんと目玉が動く。

顔面の紅潮も最高潮に達したとき、翠はぎゅっと目を閉じてこぶしを握り、

「い、一番えっちな物を持ち込む危険性が高いからに決まってるでしょ！」

めちゃくちゃ不名誉な理由をぶちまけた。

ざわ……ざわ……。と、周りの視線がこちらに集まり始める。

「お、おい、翠部長。なんてことを大声で……。ち、違う。これは違うんだ！」

「おっほぉ〜♪　やるじゃん大星！　そんなん持ってきてんの？　男子すげーっ。あたしらに

もあとで見せてよ〜」

「ちょっと、やめようよ明日香ちゃん。大星君、そういうの、さすがに良くないと思うよ？」

近くで大荷物を収納していた班の女子たちが、誤解しきった方向性で正しい反応を示してくる。

……くっ、あまり俺のことを知らない奴から、俺が変態だと思われてしまう。

俺の人間性を知ってたら、学校行事に変なブツを持ち込むわけがないって理解してくれそうなもんだが。

うまいことフォローしてくれないか？　という期待を込めて真白へと、恋人同士（偽）の絆《きずな》が為《な》せる秘密のアイコンタクト。

「…………。最低」

「えー……」

しかし返ってきたのは、冷え切った眼差しと、辛辣《しんらつ》なひと言だった。

俺への信用値って、その程度だったのか……。

「ご、ごごご、ごめん大星君！　そんなつもりじゃなかったの！」

誤解が広がりつつあるのを察して、翠があわてて頭を下げた。ひそひそ話をしながらこっちを見ている生徒たちに、誠実な説明をしようと口を開く。

「べつに今のは大星君がえっちな物を持ち込んでるって指摘したわけじゃなくて、私が新幹線

の組み分けを操作する動機があるとしたら大星君がえっちな物を持ち込んでる確率が高いから
それを取り締まるためだろうって誤解されてるって私が予想したからであって、大星君が本当
にえっちな物を持ち込んでるかどうかはそのスーツケースの中を見るまでは確定されないので
あるからして、いわゆるシュレーディンガーの猫状態なわけでいやむしろシュレーディンガー
のえっちな物っていうか――」
「あああああああ！　『えっちな物』を連呼するなーっ！」
誤解を解こうって姿勢は誠実だし助かるが、これはどう考えても逆効果だ！
テンパってて日本語が全然まとまってないし。
こんな文章に起こしたって読みづらいであろうセリフ、聴いてる奴の耳には『大星君』と
『えっちな物』って単語しか残らないだろ！
ニュース記事のタイトルしか読まずに記事の全容を理解した気になる人間が多い昨今、これ
では『大星君』『えっちな物』だけ一人歩きして、『大星君がえっちな物を持ち込んだ』って誤
解が広まる一方だ。
「そ、そうだね。『えっちな物』って単語はさすがにはしたないよね。えっと、『公序良俗に反
するセンシティブな物』とかでどうかなっ⁉」
「もういいから黙ってくれえええええええええ！」
口は禍《わざわい》の元とはよく言ったものだが、なぜその災禍《さいか》は本人じゃなくて俺に降りかかって

るんだ？

「出発早々ひどい目にあった……」

「あはは。災難だったねえ」

混乱する翠をどうにかなだめて混沌《カオス》な状況をやり過ごし、指定された席に座る頃には、俺はもうだいぶ疲労困憊《ひろうこんぱい》。

座席は3人掛けのシートを2つ、回転させて向かい合わせ。同じ班の生徒6人が3対3で向かい合う形で座るようになっている。

片側は奥から順に鈴木、オズ、と座っていて、俺の席は通路側だった。

もう片方は、奥から舞浜、高宮、真白。俺の正面が真白なのは、他の班員の粋《いき》な計らいってやつだろう。

「にしても大星って特進クラスの影石さんと仲良いんだね。なんか意外ーっ」

「そうか……？」

仲良しエピソードとはほど遠い一幕だったと思うんだが。

高宮のようなテンションお高めのパリピにはそう見えるってことかね。

「あれがきっかけじゃない？　ほら、明日香ちゃん。大星君、たしか演劇部の大会のヘルプで、舞台に立ってたっていう……」

「あー、あったねーっ！」

「「……え⁉」」

無邪気に語り合う女子二人に、ビクリと過剰反応した人間が二人。

俺と真白だ。

「し、知ってたのか」

「もちろん。うちの学校で全国に行った部活があったら、そりゃあ有名にもなるよ。校内新聞でも取り上げられてたし」

真面目が服を着ているような常識枠の舞浜がごくあたりまえの常識を語る口調で言う。

テキトーそうな高宮ならともかく、舞浜に言われると説得力が違った。

にしても、校内新聞て。

あんなの読んでる生徒いたのかよ。他人の部活の結果に1ミリも興味ない俺には信じられん。

「あー！　あったあった！　あと誰だっけ、もうひとり。一年生で有名な子も代役で出てたんだよね」

「小日向さん、だったかな。学年首席の」

「あのめっちゃ清楚《せいそ》でカワイイ子⁉　ふぉー！　あんな子と共演とかマジか大星、パネェ！」

「ふふっ。私も演劇、観《み》たかったなぁ。部室に行ったら台本だけでも読ませてくれるかな？」

「……！」

舞浜の素朴なひと言に真白がビクンと震えた。カタカタ震えながら真っ青《まさお》な顔で舞浜のほうを見る。

「だめ。やめたほうがいい」

「え？　つ、月ノ森さん？」

「あんな恥ずかしい台本、広がってほしくない」

「どうしてそんなひどいこと言うの？　ただの噂《うわさ》かもしれないけど、一説では有名な作家さんに書き下ろしてもらった台本らしいよ？」

「あ゛あ゛あ゛あ゛あ゛……」

聖なる光で浄化される悪魔の断末魔じみた声を上げて身悶《みもだ》えする真白。

陰の者としてはあのむずがゆい恋愛シナリオは耐えがたいものがあったんだろうな。

そこまで嫌がらなくてもいいじゃんか……とは思うけど。

「へえ知らなかったな。演劇部も大星の協力でうまくいったんだな」

「も？　なになに鈴木。めっちゃ事情通っぽい空気出してんじゃん！」

「そんなんじゃねーけどよ。実は俺も大星のおかげでうまくいったんだよなぁ」

「……は？」

鈴木の奴、いったい何の話だ？　しみじみと感謝を込めた口調で言われても心当たりがないんだが。

鼻の下を指でこする昭和の漫画表現みたいな所作をしながら、照れてほんのり赤くなった顔で鈴木は言った。

「実はな、最近……カノジョができたんだよ」

「おーっ！　やるじゃん、鈴木ぃ！」

「わっ、おめでとう」

カミングアウトに真っ先に反応したのは高宮、続いて舞浜だった。

残念ながら自分以外の他の男に恋人ができた場合の会話サンプルが少なすぎるオズと、リア充《じゅう》コミュニケーション能力ゼロの真白は反応できず。口を半分あけて、ぽけーっとしていた。

そして俺も、何を言われたのかわからず、いまいち良い返答ができずにいた。

「えーっと……？　おめでとう、でいいのか？」

「おう！　お前のおかげだぜ、大星！」

それがまったく意味不明。理屈がまるで繋《つな》がっていない。

「すまん。もうちょい詳しく頼む」

「いや、だからさ。ほら、俺、最近筋トレにハマってるだろ？　あれってお前のおかげなんだよ。影石先生を射止めたかったらマッチョになれってアドバイスしてくれたじゃん」

「あ、ああ、したな。そういえば」

相手するのが面倒で適当なセリフであしらっただけだが。

「大星があのときアドバイスしてくれたおかげでカノジョができたんだ。感謝してもしきれないぜ」

「って、おいおいおい。それじゃあまさか、先生と？」

菫からは何も聞いていなかったが、もし本当ならめでたい話だ。

学校の生徒と付き合ったら本性を隠し通すのは大変そうだが、うまくやれてるんだろうか。

いや待てよ。ワンチャン、この鈴木と連絡先を交換しておけば、〆切間際《まぎわ》に逃げられたとしても彼を通してイラストを取れるのでは？　と、一瞬期待に胸をふくらませたのだが――……。

「違う違う。通ってるジムで出会った子と付き合うことになったんだよ」

「ああ、なんだ。そういうことか」

スン……とテンションが落ちた。残念な気持ちを隠せなかった。

「《猛毒の女王》に憧《あこが》れてた時代もあったけどよ。俺の肉体を鍛えたことで見えちまったんだよな、俺の限界、っつーか。彼女とは住む世界が違うんだ……って」

「まあ、住む世界は違うかもな」

紫式部先生《むらさきしきぶせんせい》と筋トレとの間には天と地ほどの距離があるしな。

あの人、ジムになんか通ったら30分で全身が湯豆腐みたいになって崩れ落ちそうだし。

「それに実際にいまのカノジョを好きになって、付き合い始めてから気づいたんだが、あん時の俺が菫先生に抱いてた感情は恋愛感情じゃなかったんだよなぁ」

「何だったんだ?」

「憧れ。ただの尊敬の感情を恋と錯覚していたのさ」

「錯覚……」

その単語が、なぜだか妙に胸にクる。

青春、恋愛……そういったものと無縁な、効率的で仕事漬けの学校生活を送ってきた俺には、もう何が本物の恋愛感情なのかわからない。まったくもって、理解できてる自信がない。

もしも鈴木がその答えにいち早くたどり着いたのだとしたら、羨《うらや》ましいと感じる――……。

「いやいや性欲でしょーっ！　黒スト美脚のクールビューティーに盛《さか》ってただけでさー。なにカッコつけてんの！」

「――バレたか！　がっはっは！」

「………」

前言撤回。しょうもねえわ、コイツ。

一瞬エモいモノローグを挟んじまったじゃねえか。俺のポエムポイントを返せ。

俺の感動ごと豪快に笑い飛ばした鈴木は、まあとにかく！　と逸れた話題を元に戻した。

「大星のアドバイスを受けたらマッチョになれてカノジョもできたっつーことで！　感謝してるっつーわけだ！　はっはっは！」

「因果関係の証明が雑すぎる……。俺のおかげでも何でもないだろそれ」

「フフ。べつに悪いことじゃないんだから、素直に感謝されとけばいいのに」

「おう！　だよな！　お前もそう思うよな、小日向！」

オズと鈴木が肩を組み合い、意気投合する。

なんだこの男子連中の妙な結託は……。

「わ、私もっ、小日向君の言ってること、わかるかも。大星君って、大人びてて頼りになる感じがあるよね」

と思っていたら舞浜まで参戦してきた。男子連中の具体的なエピソードと比べたらフワっとした同意のため無根拠な便乗《びんじょう》なのはあきらかだが、指摘したらもっと褒めろと強制してる感じになりそうなのでツッコミは自重しておく。

はにかんで俺を褒める舞浜だが、ここで「お？　惚《ほ》れられてるのか？」と痛い勘違いをしたりはしない。

うまくカモフラージュしているつもりだろうが、彼女の視線はまっすぐにオズに向いていた。

本命は俺ではなく、オズ。オズの意見に同意することで共感をアピールしているのだ！

――なんて、名探偵のフリして推理するまでもなく。

この舞浜京子は夏休みに入る前、夏祭りにオズを誘おうとしてきた、あきらかにオズに気がある様子の女子である。あのときは特にかかわりのない生徒だったたし、殊更《ことさら》に名前を意識したりしなかったが。

それにしてもずいぶんと思いきりがいいな、と思う。

デートに誘ったり、修学旅行で同じ班になろうとしたり。オズに近づくために、全力を尽くしている。

恋愛感情の赴くままに猪突猛進《ちょとつもうしん》で突き進むこの様子。青春、恋愛にうつつを抜かしている、などと、かつての俺はずいぶんと斜めからこういう手合いのことを見てきたが、これはこれで夢を追いかけるのと同様に一筋縄ではいかぬ道に思えた。

ちら、と正面に座る真白を見る。

……真白も、思い切って告白をしてくれたんだよな。

あのときの俺は、まだ恋愛なんて考えていられるタイミングじゃなかったから、断ってしまったのだが。

彼女も彼女で、まっすぐだった。

もしや恋愛に対して大胆なのは、女子にありがちなことなんだろうか？　そういや、そんな感じのネットスラング、ずいぶん前に流行《はや》ってた気がするな。

「む……」

真白が俺の視線に気づいた。じと目になって、唇がみょんと尖《とが》る。

「女の子に褒められて、でれでれしてる。……さいてい」

「いや、そんな顔してないから。……してない、よな？」

「どうだか。鏡でも見れば？」

ふん、とそっぽを向いて不機嫌モード。やはり今日は朝の出来事をはじめ、どうにも真白とうまく噛《か》み合《あ》わない。

と、そのとき、ふくらんだ真白の頬が人差し指で、横からぷにっとつぶされる。

隣の席に座る高宮だった。

「京子に嫉妬かぁ～？　かわいすぎんぞ～。ほれほれ」

「ちょ……遊ばないで」

「てかいまのでむくれるってことは、大星と月ノ森さんってホントに付き合ってたんだねーっ。あんまカップルっぽいことしないから、もう別れたのか、実は付き合ってないのかと思っちゃったよ」

「「…………!?」」

俺と真白の表情が同時に凍った。

「つ、つつ、付き合ってないとか、ありえない。転校してきたとき、わざわざみんなに、説明したでしょ」

「やーそこも不自然じゃん？　普通カレカノ関係って隠すじゃん？」

「え。そうなの？　……知らなかった」

「俺も同じく」

悲しいかな、俺も真白も陰の者。異性と付き合った経験もなく友達も少ないので、何が普通なのかいまいちわかっていなかった。

「わざわざアピってってからさー。てっきり転校前にいろいろあってクラスに馴染めるか不安な月ノ森さんをフォローするために、大星が一芝居打ってニセの恋人でもやってんのかなーって。——まーそんな漫画みたいな展開、さすがにないかぁ！　あっはっは♪」

「あ、あるわけない。妄想、激しすぎ。ね、ねえ、アキ？」

「そ、そうだ。ニセ恋人なんて、オタクの夢でしかないぞ。あは、あははは……」

やばい、笑えない。働け、表情筋！

……しかしなんだこのデタラメな直感力は。根拠など欠片《かけら》もないだろうに、ごく自然に正解を引き当てやがった。

高宮明日香、恐るべし。野生系パリピ女の称号を与えるべきか？

というか最近までただのクラスメイト、無関係な女子生徒ぐらいの認識しかなかったのに、なんで無駄にキャラが立ち始めてるんだ。俺自身が、こういう濃いキャラクターを周りに集めてしまう体質なんだろうか。

それとも実は誰もがみんな強い個性を持ってて、知ってるか知らないかの違いしかないってことなのか。

「じゃあさ、じゃあさ。せっかくだし、ずーっと気になってたこと訊いてもいい!?」

「い、いいよ」

「大星との初デートはどこに行ったの⁉」

「初デート……気になるんだ。ふーん……まあ、教えてあげても、いいけど」

嫌々そうなふうを装いながらも口元のゆるみを隠せていない。

で、出たーっ！　自分は言いたくないけど質問されたから仕方なくっていうテイで、話したくて仕方ないノロケ話を始める奴ーっ！

かつて真白が憎しみを向けていた、痛いカップルの代表的な習性そのものである。

解放戦争を経て独裁者から国を取り戻した英雄が、王となった途端に独裁者と同じやり方で国を統治し始めるような歴史の無常を感じる。

「あれは、そう……夜景の綺麗《きれい》な高級ホテルの最上階フレンチレストランのことだった……」

「うっそ。初デートで高級フレンチ⁉　重すぎん⁉」

ホントそれな。

実際は初デートはショッピングモールでの映画鑑賞なんだが、そこはノーカウントってことらしい。

まああのときは彩羽もいたし、オズと菫が面白《おもしろ》がって参加を辞退したから結果的にハーレムっぽくなってしまっただけで、デートでもなんでもないもんな。

「初めて訪れるお洒落《しゃれ》な雰囲気。壁には高価そうな絵画、薄暗い空間にランプシェードの灯りがぼんやり浮かび上がっている。さりげなく香るアロマ、主張しない、心地よい音量で旋律を奏《かな》でるクラシック音楽。いざこんな日が来たときのために用意していたドレスをまとい、緊張した面持ちで、真白はアキの待つテーブルへと向かう——」

「お、おお……。すっごい臨場感……」

「目を閉じると光景が目に浮かぶね。まるで上質な小説を読んでるみたい」

高宮が圧倒され、舞浜もうっとりしている。

まだ作家志望の身とはいえ、プロの編集者に拾い上げ候補として指導されているセミプロだけあって、真白の表現力は卓越していた。

まあ、ノロケ話に使うスキルじゃないけどな。それ。

「真白たちの前につぎつぎと届くコース料理は、どれも見た目美しく、味も三ツ星に恥じない絶品だった。付け焼き刃のテーブルマナーでたどたどしくナイフを操《あやつ》る自分の姿がアキの瞳《ひとみ》の中に映って、真白は頰を赤らめ面伏《おもぶ》せる——」

「オサレ！　圧倒的なオサレ感！　韓流《ハンりゅう》メロドラマも驚愕《きょうがく》のロマンティック‼」

「大星君の苗字《みょうじ》とレストランの三ツ星、付け焼き刃とナイフ、至るところに粋に仕込まれてる暗喩《あんゆ》と、自分自身の姿を描写するときに大星君の瞳を使うことで、好きな人の目に視線が吸い込まれちゃう心の機微も描いてるんだね。……乙女な月ノ森さんの姿が、しっとりとまぶたの裏に浮かんでくるよ」

ここにきて舞浜も謎《なぞ》の読解力でキャラを濃くしてきやがった。あんたはオズが好きそうってだけで記憶に残りやすいんだから、それ以上無理してキャラ立てしなくてもいいんだぞ。

野生系パリピ女子・高宮明日香に続いて、究極読解文学女子・舞浜京子まで爆誕しちまったら、いよいよクラスメイト全員ヤバい奴説を疑わざるを得なくなるんだが——……。

「そしてアキは、真剣な顔で、真白の目を見つめたの」

「あ……」

それまで流暢《りゅうちょう》に語っていた真白の口が、ピタリと止まった。

——あたり前だ。

そこから先のシーンは、関係者以外、閲覧禁止。

なぜならそこは、真白の全力の告白が、俺によって切り捨てられる瞬間だから。

しかしこう、あらためて聞かされると、俺って奴はなんて酷《ひど》い真似《まね》をしちまったんだと思わされる。

初デートで、フラれる。

そんな地獄みたいな経験を乗り越えて、真白はいまだに俺にアプローチを続けているのか。

恋だの青春だのといった出来事から目を背《そむ》け、逃げ続けてきた俺には到底想像できなかったけど……。

たぶんそれ、信じられないほどしんどいよな。

その先のシーンをでっちあげる上で、真白にどう描写されても、俺に文句を言う資格ナシ。

突然皿が爆発《ばくはつ》して頭が吹き飛ばされても、窓を突き破って飛んできたサメに頭を喰《く》われても、甘んじて受け入れよう。

「『ここのホテルの部屋を取ってある。今夜は寝かさないから覚悟しろよ、真白』そう言って、アキは真白の肩を優しく抱き寄せ――」

「――てないからな⁉」

「む。……なに、否定するの？　ふーん。好き放題に言わせてくれるんじゃないんだ？」

「いやたしかにそう言ったが……いや、言ってねえよ。思っただけだよ。心の中を読むな」

「思った時点で契約成立。アキに反論の権利ナシ」

「思想の自由はどこに⁉」

「アキにはそんなのないから。真白の表現の自由がすべてにおいて優先されるから」

法解釈がパワープレイすぎる。

いや、しかしだな。いくらフラれた事実をそのまま説明できないからって、高校生の身で、クロステールは駄目だろ。あれは結婚を前提とした男女にだけ許された禁忌の技《ブライダル・アーツ》だぞ。あまりにも直接的な単語を使うのを避けたすぎて意味不明な造語を連発しちまう程度にはヤバいやつだ。

ちなみにクロステールの意味がわからなければ、クロスとテールをそれぞれ漢字に直訳してくれれば……って、そんなことはどうでもいい。

高宮や舞浜に妙な誤解を与えたらクラスの女子の間でどんな噂が広まるかわからんぞ。

まあ、さすがにリア充は経験豊富だろうし、荒唐無稽《こうとうむけい》な初体験話を鵜呑《うの》みにするわけがないだろうけど。

「ひゅーっ！　大星やるぅ！　マジかー、童貞違ったかーっ。京子ちん、グミ1個あげる」

「あ、うん。ありがとう」


「人の初体験で賭《か》けんな」


ガッツリ信じてやがるよ、こいつら。

つーか舞浜、おとなしい顔してあんたは『シた』ほうに賭けてたのかよ。こええよ、女子。

「くぅ～やらかした。全部で10人正解か～。まさかグミ10個も持ってかれるとはな～」

「意外と大規模な賭けだった⁉」

「クラスの女子の三分の二くらいは参加してたよ。くっそ、大星の童貞臭さは健在だと思ったんだけどなーっ」

「失礼すぎるだろ……いろんな面で」

もっとも、童貞なのは正解なんだが。てか凄《すご》すぎるだろ、高宮の野生の勘。

それにしてもほとんどが俺と真白が初体験を済ませてるほうに賭けてたってことかよ。どんだけヤッてると思われてたんだ。……いや、夏休みの後のフェロモン真白を見てたら誤解するのもやむなしか。

というか俺、真白と付き合ってからもほとんど空気状態だと思ってたんだが……。全然認識されてるじゃないか。

「ちょ、待って。なんで『シた』ことになってるの。そのあとの展開、まだ何も話してない。あくまでも精神的な繋がりだけの可能性も否定できない。……うん」

「えー。若い男女がふたりきりで同じ部屋に宿泊、なにも起こらないはずないっしょー？」

「そ、そんなこと……あれ……？」

前髪に隠れがちな真白の目がハッと見開かれ、魔眼じみた輝きを帯びて俺を睨む。

『昨日、彩羽ちゃんとふたりきりで同じ部屋に宿泊してたよね？』

『いまそこ蒸し返すのかよ⁉』

そして他の人に聞かれないためとはいえ、何の伏線もなしに口の動きだけでメッセージを送らないでほしい。最近内緒話の回数が多すぎて、突然読唇術を求められても対応できる俺も俺なんだけどさ。

『だが待ってほしい。その理屈が成立するなら真白だって俺の部屋に泊まったことあるよな』

『…………。それは、たしかに』

『だろ。論理的に考えたら、答えはひとつしかないはずだ。そう、それはつまり――』

『──つまりあの日、真白は知らない間に、アキと一線を越えていた……？』

『違う。そうじゃない』

まず前提条件を疑うことを憶えてほしい。

毎回現代文のテストで満点を取ってるし小説も書いてるんだから日本語の扱いは完璧のはずなのに、どうしてこうもズレているのか。

「おいおいおいおい。この二人、目と目で通じ合ってるぜ。これがカップルってヤツなんかね。あたしら蚊帳《かや》の外ですぜ、京子ちゃん」

「そ、そうだね、明日香ちゃん。あまりにもラブラブで、見てるこっちが恥ずかしくなっちゃうね」

「チクショウ、青春じゃねえか。俺もカノジョ、大切にしてやんねぇとなぁ」

……しまった。裏目った。

俺と真白だけの秘密の通信で会話内容こそ秘匿できたが、通じ合ってる事実そのものを隠すことができなければ、単なるイチャラブ仕草である。

無遠慮に揶揄《やゆ》されて、真白の顔がかーっと赤く染まっていく。

「……ッ。ち、ちがっ……ちがわ、ないけど……その、あんまりからかわないで……」

「ふっほーっ！　やっぱ月ノ森さんカワイイわーっ！　そいそいそいそいっ！」

「やーめてー。……もう。あほすぎ」

今度はふくれていないが赤くなった頬を連打される真白。

あきらかにからかわれているわけだけど、真白の声や表情はまんざらでもなさそうだった。

語尾に混ざった微《かす》かな悪口の欠片。

それは、閉ざされていた心の二枚貝が口を開けて、きらきらした真珠が顔を覗かせようとする兆《きざ》しだと、俺には思えた。

＊

『自分がどれだけ特殊な人間で、実は羨まれる側だったこと、自覚したかな？』

『今まで非リアを自称してきて大変申し訳ありませんでした。……これでいいか、オズ？』

『条件付き執行猶予』

『許されはしないんだな……』

俺と超絶カワイイ彩羽ちゃんの部屋(2)

彩羽
セーンパイ♪

彩羽
センパイ!!!!!

彩羽
センパイ〜(泣)

彩羽
センパーイ☆

彩羽
セ・ン・パ・イ(^ε^)-☆Chu!!

AKI
おい

彩羽
あっ、やっと返信きた

AKI
なんなんだこの頭の悪いログは

彩羽
失礼な！　喜怒哀楽&LOVEの全パターンでセンパイを呼んであげたのに！

彩羽
『黒山羊』ユーザー垂涎もののレアボイス集ですよ！

AKI
どこがボイスなんだよ。文字だけだろうが

彩羽
センパイなら文章からだって私の声を脳内再生余裕ですよね？

彩羽

実質ボイスみたいなモンですよ！

彩羽

ほら、想像してみてください。聞こえてきますよね、カワイイ私の声が…

AKI

はあ

彩羽

旅の間、私の声が聴けなくて寂しいんじゃないかと思いまして

AKI

なるほど

彩羽

センパイ思いの後輩としては何かできないか、考えに考え抜いたわけですよ

AKI

ふむ

彩羽

そして思いついたのがこれ！　遠距離ＬＩＭＥウザ絡み！

彩羽

たとえリモートでも、センパイをぼっちにはさせませんよーっ！

AKI

3lA

彩羽

いま絶対適当に文字打ってますよね！？　なんなら画面見ずにフリック入力してますよね！？

彩羽

その誤字の出方、センパイのスマホで『そっか』って打とうとして間違って英語入力だったときのやつですよね！？

AKI
dla

彩羽
なんでわざわざ別のキーボード設定に変えて『そっか』を打ち直してるんですか!?

AKI
すげえな、全部お見通しか。名探偵みたいだ。

AKI
真実はいつもひとつ!

彩羽
アニメネタを適当にぶっこんでくるあたりも脳味噌ほとんど使ってない感じがするうううううう!

AKI
おっと、そろそろ移動だ

AKI
充電もあんまりないから、悪いが今日は構ってやりきれん

彩羽
はあああああ?　私が構ってほしいわけじゃないですけど!

彩羽
私はただセンパイのためを思ってるだけですけど!

AKI
またな～

彩羽
ああああああまだ話は終わってないのにいいいいい!

彩羽
ううううう、ばーかばーか!

彩羽
センパイのバーッカ!

# interlude

Tomodachi no imouto ga ore nidake uzai

# 幕間 ●●●● 茶々良と彩羽

今日はいつもと違う一日だ。

何の根拠もなくそう感じる日が、一ヶ月に一度くらいはあるものだとアタシ――友坂茶々良《ともさかささら》はそう思う。

サーバートラブルのせいで、毎日見てるSNSにログインできなかった。

朝のニュース番組の占いコーナーで不吉な結果が出た。

化粧の乗りが悪い。

――エトセトラ、エトセトラ。

きっかけは大抵そういった些細《ささい》な日常の違和感だ。

ほとんどの場合、その違和感は気のせいで、べつに何の変哲もない日常の延長だったりするんだけどね。

尊敬する編集者の星野《ほしの》さん曰《いわ》く、そういうときは周囲の環境が変なんじゃなくて、ごく単純に自分がアガったりサガったりしてるだけってことみたい。

なんとなく嫌な気が漂ってるとか、時代の巡りが悪いとか、そんなオカルトは関係なくて。

自分を自分で良い状態に常に保っておきさえすれば自然と気にならなくなるものらしい。

やっぱり輝いてる人は、言うことが違う！　マジリスペクト。

……って、アタシはそう信じてきたんだけど、えーっと、星野さん、たぶん今日ばっかりは、確信を込めてこう言い切ってもいいと思うんですよ。

今日はいつもと違う一日だ、って。

なぜなら些細――なんてレベルじゃない、絶大な違和感は、教室に足を踏み入れた瞬間から誰《だれ》の目にもあきらかだったわけで。

「うぅ～……うぐぐ……」

朝のルーティーンを終えて、余裕をもって登校してきたアタシが目にしたのは、自分の席で顔をうずめたままどんよりとしたオーラを放つ小日向彩羽《こひなたいろは》の姿。

低いうなり声が漏《も》れ聞こえてくるが、お腹《なか》を痛めているような感じというよりはあふれ出る悔しさを噛《か》みしめているような感じだ。フィジカルよりメンタルのダメージ。どっちにしても、心配な状態なのは違いない。

彩羽の様子を心配しているのはアタシだけじゃなくて、他のクラスメイトたちも彩羽のほうをちらちら見ながらも、どう声をかけていいのか迷っている様子だ。

優等生、小日向彩羽。どんなときでも清楚《せいそ》で明るく、笑顔を絶やさない人気者。

そんな子が見るからに落ち込んでたらそりゃあ誰だって心配する。アタシだってする。

とりあえず何があったか情報収集しなきゃと、アタシはすぐ近くにいた子たちに声をかけた。

「おはーっす。……ね、彩羽どしたん？」

「友っち、おはーっす。やー、ウチらもわからんくてさ。無知無知プリン」

「彩羽がダウナーってんの珍しすぎるもんなぁ。理由わかんないとそわそわするってか、普通に心配ってゆーか」

「それな。ドチャクソ心配すぎてぴえん」

「茶々良って最近、小日向さんと仲良しだよね。うまいことフォロってたげてよ」

「おけおけ。ま、空気読みつつイイ感じにやっとくわ」

「友っちＧＪ卍《グッジョブまんじ》～！　頼れるの民かよ～」

「任しとけっての～」

突き出されたにぎりこぶしにこぶしをぶつけて、パンチング乾杯。

会話や行動に特に深い意味はない。その場のノリだ。

独特のスラングもそうだ。

みんなが何となく同時期に似たような言葉を使うようになっていく中で、自然と自分も操《あやつ》れるようになったけど、いまだにそこまで正確に理解はしてない。ぶっちゃけ、卍ってなんだ？　って感じだし。

メディアで紹介されてるいわゆるＪＫ語みたいなやつも、一部カブるところもあるけど全然違うものもあるし。ま、アタシらにはアタシらの文化圏っつーことで。細かいことはどうでもいいや。

それよりもいまは彩羽のことだ。

他の子たちにも託されたし、ここはいっちょ親友としてひと肌脱ぐとしますかね。

とりま、お昼休みにランチ、トゥギャザーすっか。


そんでもって、やってきました、昼休み。やってきました、学校の屋上。

昨今、屋上が封鎖されてる学校も多いみたいだけど、香西《こうざい》高校はこれでも学区内屈指の進学校で民度も知性も高いから先生方に信頼されてるんだよね。まー、アタシが平均点を上げすぎちゃってる説もあるけど、そのアタシが屋上を利用するんだから無問題っしょ。

で、その屋上の金網の下、いい感じに座れるようになってるところにハンカチ敷いて腰を下ろして、アタシと彩羽は弁当箱を開けていた。

彩羽はあいかわらず元気を取り戻してなくて、教室からここまで引きずってくるのも一苦労だったよ。ったく、めんどくせーんだから。

「で、何があったか言ってみ。ここなら他の子いないし、素でイケるっしょ？」

「やーでも彼氏いない歴イコール年齢の茶々良に繊細な恋バナをしたら可哀想《かわいそう》だし」

「ケンカ売ってんの⁉　てゆーか、彼氏できないんじゃないし！　高レベルの男がいないだけだし！」

最低でも身長180㎝、偏差値70、TOEIC800点、運動神経抜群、話してて楽しい程度のトーク力は欲しい。顔はイケメンなら最高だけど、べつに目が大きくて彫りが深くて髪型もお洒落《しゃれ》も意識してて清潔感あればフツメンでも全然妥協できる。

周りにこのハードルを越えられる男がいないから付き合ってないだけで、妥協すれば彼氏の一人や二人、いつでも作れるってーの。

——ん？　待って。ちょい待って。

「恋バナ？　なに彩羽、アンタ恋愛で悩んでんの？」

「ん。わりと深刻」

「マジかー。大星《おおぼし》先輩なにやらかしたワケ？」

「カワイイ後輩を置き去りにして、他の女と旅行デート」

むすっと頰《ほお》をふくらませながら、いじけたように言う彩羽。

旅行、って単語でピンときた。

そういえばいま、二年生は修学旅行でいないんだっけ。

「てか、それで大星先輩に会えなくて寂《さび》しがってんの？　んだよ、乙女かよぉ」

「そうだね。茶々良は会えなくて切ないような恋なんてしたことないもんね。わからない話題を振っちゃってごめんね」

「ぐうっ……さっきからカウンターが鋭すぎ……。アタシで憂さ晴らししてるっしょ」

「うん。良い音を鳴らしてくれてあざっす、サンドバッグ」

「あっさり認めんなし！」

落ち込んでるくせに容赦なくイジりやがって。『らしさ』を失ってないのはいいことだけど、もうちょい友達に手心あってもよくね？

「てか彩羽さ、会えない時期あるといつもこうなワケ？　大星先輩不足でいちいち落ち込んでたらキリないじゃん」

「私だってべつに、四六時中センパイがいなきゃ死んじゃうウサギってわけじゃないもん」

「じゃあなんでこんなにどんよりしてんのさ」

「それは……なんていうか、こう、学校の行事は特別クるものがあるっていうか……」

「はあ？　イミフなんですけど」

唇をとがらせたままモゴモゴと要領を得ないことを言い続ける彩羽に、さすがに大人の対応に定評のあるアタシもイラッとした。

いらない隠し事とかしてないで、さっさと吐けっての。

頭の中で何を考えているのか、しばらくの間、彩羽は両手の指を組んだり外したりを無意味に繰り返していた。

そして、十数秒くらいして――……。

「実感しちゃうんだよねー。こーいうとき」

観念したようにそう言って、彩羽は諦《あきら》めを含んだ表情で空を仰《あお》ぐ。

つられてアタシも見た。昼の秋空は雲ひとつなくて、やたらと高く感じてしまう。

「どこまでいっても、センパイは一個上。どんなに近づいても、またすぐ遠くに行っちゃうんだよなーって」

「そらそうっしょ。年上なんだから」

「留年しちゃえばいいのに。そしたらセンパイと同じ教室で、隣の席になったりできるのに」

「……ひどくね？」

「ワガママな自覚はありますよーだ。いいじゃんべつに。言うだけならタダなんだし」

とか言いつつ、すっげー本音っぽい。

荒唐無稽《こうとうむけい》な願いだと理性で理解してるけど、魔法が存在するならガチで叶《かな》えたいとその目は言っている。

……よっぽど好きなんだなぁ、大星先輩のこと。

空を見上げる彩羽の横顔をちら、と見る。その顔を見ているとふいにまぶたの裏に、入学式の日の光景が浮かび上がってきた。

舞い散る桜。ほんのりと温められた、包まれているだけでまどろんでしまうような空気の中、つまらなそうな顔でスマホをいじっている美少女。

首席で合格したくせにそんなものは心底どうでもいいとでも言いたげに、喜びも誇らしさも何ひとつ感じさせずにただ時間を潰《つぶ》していた彼女の表情を一瞬で変えてみせたのは、ひとつの平凡な足音だった。

大星明照《あきてる》。あんときのアタシには顔すら記憶に残らない程度の平々凡々な年上男子。

しっぽを振る子犬みたいにそいつになついて、楽しそうに笑う彩羽の顔がいまもまだ脳裏《のうり》にくっきり再生される。

大好きなセンパイと同じ学校に通えるって、そこまでうれしいもの？　って疑問に思ってたけど、一週間にも満たない修学旅行による別離でこの落ち込みようなのを目《ま》の当《あ》たりにしたら、さぞかし中学三年生の一年間は寂しかったんだろうと想像できる。

……一年間のギャップごときに耐えらんないとかマジか。恋人にしたらめっちゃウザいやつじゃんこれ。人によってはこれぐらい愛されてるほうがうれしいのかもしれないけどアタシは無理。

やー、友達ぐらいの関係でよかったわー。

「まあアレよ、アレ。会えない時間が男女の熱を昂《たかぶ》ぶらせるとか言うじゃん？　そう思って、ひとりの時間を有効活用しなよ」

お？　アタシいま、イイこと言った。今日のピンスタのストーリーはこれで決まり！　映える写真と、名言。この組み合わせがめっちゃ刺さるんだよね～。

もはや『ピンスタグラマーSARAの名言集』出版できるレベル。今度、星野さんに企画を持ち込んでみよっかな。

まったく彩羽め、一冊千円の金言を無料で聴けるなんて恵まれてんぞ～と思いながら、ドヤ顔でちらりと隣の彩羽を見てみると――。


「いま忙しいからちょっと黙ってて」

「何スマホいじってんだよおおおおお」


――全ッ然、聴いてなかった。

こ、この女……さてはアタシならどんな扱いしてもいいと思ってんな⁉

「友達と話してる最中なのに好き放題しやがってぇ……」

「センパイとのLIMEが最優先！　友達なら忖度《そんたく》してくれてもいいでしょ」

「大星先輩と？　へえ、優しいじゃん。修学旅行中でもメッセくれるなんてさ」

「えへへ～。まあセンパイもなんだかんだで私と話したくて仕方ないはずだからね」

「はいはい、ご馳走《ちそう》さま。自信満々で結構なこって」

ふやけた惚気《のろけ》顔でスマホに文字を打ち込む彩羽。さっきまで落ち込んでたくせに、大星先輩から連絡がきたらすぐこれだ。まったく喜怒哀楽が激しすぎてついて行けないっての。

　あきれたら喉《のど》が渇いてきて、アタシは持ってきていた水筒を開けて水（美容と健康にイイ、ミネラルウォーター）を注《そそ》ぎ、口をつけた。

「何回かメッセ送ったら、すぐ返事くれたんだよねー」

「そんなこと言って、メッセ連打したんじゃないの？」

「普通だって。20件くらい」

「ぶはっ！」

　昭和みたいに噴き出した。

「うわ、汚《きたな》っ。茶々良、お行儀悪すぎ」

「アンタのせいでしょ⁉」

「いや意味わかんないんですけど。人のせいにしないでくれませんかー？」

「ウッザ……メッセ20件とか、やっべえ数字を聞かせるからっしょ⁉」

「あ、スタンプ含めたら30件超えてた」

「ストーカーじゃん！　もうそれ、ゴリゴリのストーカーじゃん！」

「ええええ、ひど！　茶々良にだけは言われたくないんだけど！」

「アタシだってストーカーじゃねーし‼」

　ねちっこさ皆無のこのアタシのどこにストーカー要素があるんだってーの。まったく失礼な。

……それにしても、だ。

彩羽が大星先輩を大好きなのは知ってたけど、まさかここまで重症だとは。

遠く離れていても遠隔でウザ絡《がら》みしていくこの執念、並大抵のレベルじゃない。

もしかして今日、アタシへのウザさが若干パワーアップしてるのは、大星先輩へダイレクトアタックできない欲求不満のせいだったりするんだろうか。

だとしたら、しばらくの間、彩羽の精神状態は安定しないわけで——……。

「まー、アレよ。何はともあれ」

不毛な言い争いを打ち切って、アタシはもういちど空を見上げた。

秋空はどこまでも高く、途方もない距離を感じさせて。

アタシは心の底から——ほんっっっっっっとぉぉぉぉぉぉに心の底から、こう言った。

「大星先輩、早く帰ってくるといーね」

カムバック、彩羽専用ウザサンドバッグ。

002

Tomodachi no imouto ga ore nidake uzai

# 第2話　友達を好きな人を俺たちが応援

新幹線で京都駅に到着した後、バスに乗り換えて移動すること数十分、古式ゆかしい街並みの中にそのホテルは堂々とそびえていた。

宮殿のような意匠が凝らされた外観。樹木の薫り立つ歴史を感じさせる風体《ふうてい》だが、しみひとつない白い壁からして実際の築年数は若そうだ。

ネットで調べたら数年前にできたホテルらしく、外観の美麗さもさることながら天然温泉のクオリティ、レクリエーション施設の充実度ともに上々とあって観光客から人気が高い。

コメント欄の投稿曰《いわ》く唯一の欠点が「予約を取るのが大変だ」というのだから、このホテルの評価は推して知るべし。

去年までなら、苦労してこんな良い条件のホテルを取ったりしなかったはずで。

その事実ひとつ取っても、修学旅行実行委員会を統《す》べる菫《すみれ》が諸々《もろもろ》の調整や交渉にどれだけ奮闘したのか窺《うかが》い知れるというものだ。

長旅と呼ぶには短い時間ではあるものの、それでも凝り固まってしまう体を大きく伸ばしながら降車口から降りる。

「ふわ……」

移動中、さんざん高宮《たかみや》に絡《から》まれて昼寝をしそびれた真白《ましろ》があくびを噛《か》み殺《ころ》している。

班員を見回してみれば、ピンピンしてるのは野生女子の高宮ぐらいのもので、オズや鈴木《すずき》もどこか気だるい様子を隠せていなかった。……と、そこまで観察して、例外がもうひとりいたことにふと気づく。

「お、大星《おおぼし》君。……ちょっと、いい？」

「ん？　ああ、べつにいいけど……」

バスから降りてチェックインの準備をしようと考えていた俺《おれ》の背中を控えめにつついて、小さく声をかけてくる女子がいた。

舞浜《まいはま》だ。

ホテルの敷地で色づく紅葉のようにほんのりと頬《ほお》を染めた舞浜に手招きされて、バスの裏に連れて行かれる。

修学旅行、赤い頬、他の生徒の目が届かぬ場所――……。

これだけの条件が揃《そろ》ったら、どんな鈍感野郎でも、何が起こるかわかるよな？

「実は、その、大星君にお願いがあって。い、いいかな？」

「内容による」

「実は、大星君にはずっと秘密にしてたことがあるんだ。意外かもしれないけど、驚かないで聞いてね？」

「たぶん驚かないと思うが忠告ありがとう。言ってみてくれ」

「あ、あのね。実は……」

うつむきがちになりながら、真っ赤《まか》な顔で。

舞浜は勇気を振り絞ってこう言った。

「私、小日向《こひなた》くんのことが好きで」

「知ってた」

「ええっ⁉」

「むしろなんで知られてないと思ってるんだ。他の奴《やつ》にそそのかされて、しょっちゅうオズの席まで来てただろ」

「大星君、そういうの激烈に疎《うと》そうだから……」

「あー、まあ、な？　その点は否定できないけどな」

「大星君、自分の恋愛事でさえ見落としてそうなレベルで鈍感そうだから……」

「あー、うん。最近、薄々そうなんじゃないかって気もしつつあるけどな」

「人生で一度きりのモテ期をこじらせた高二病で逃しまくって三十代後半になってもカノジョができずに一生婚期に恵まれなさそうな雰囲気あるから……」

「そろそろいい加減にしとけ？　天然のフリしてナチュラルにケンカ売ってるよな？」

「ええっ、そんなことないよ⁉」

　わたわたと手を振り、弁解する舞浜。

　嘘《うそ》を言ってなさそうだからよけいに始末に負えない。

「ご、ごめんね大星君。気を悪くしちゃった？」

「あー、平気。平気。舞浜より百倍失礼な奴らといつもやり合ってるから。全然効かん」

　こちとら免疫がついてるんだ。むしろ免疫つきすぎてて、アナフィラキシーショックが怖いまである。

「で、オズのことが好きな舞浜が、俺にどんなお願いを？」

「あっ、そうだった。えっと、部屋に荷物を置いたら、さっそく観光ルートを巡るよね」

「そうなるな」

「そのとき、小日向君と二人きりになれるように……さりげなく誘導してほしいの」

「……告白か？」

「す、ストレートだね。……うん。勇気が出るかどうかわからないけど、できたら、したい、って。思ってる」

「なるほどな」

　修学旅行といえば青春渦巻く一大イベント。

　当然、舞浜のような恋する乙女にとっては勝負の日でもある。

オズを狙《ねら》う女子生徒は多そうだが、同じ班に食い込んで、さらに標的の友達である俺を巻き込んでまで目標を達成せんとするたくましさ。舞浜がいいポジションにいるのは確かだろう。

——気に入った。

目的に向ける執念、強欲なまでの実行力は俺も嫌いじゃない。

もともとオズには、教室に溶け込めるようにさんざんプロデュースしてきた集大成として、いつか恋人を作ってほしいと考えていた。

関係が前に進むか、否《いな》か。それはあくまでも本人たちの問題で、結果など知ったこっちゃない。

ただただ、良き青春であれ。

唯一無二の親友に、俺はこう願わずにはいられないのだった。

「了解。どうにか状況を作ってみる」

「本当に!? ありがとう、大星君っ」

「ちなみにこの話はオズ以外の奴——たとえば真白《ましろ》や鈴木にも話していいか? 俺がひとりで動くより、複数人で息を合わせたほうがやりやすいんだが」

「えっ、と……月ノ森《つきのもり》さんならいいけど……」

「鈴木は駄目か?」

「鈴木君、口軽そうだし……。小日向君に、私が小賢《こざか》しい策を弄してたってバレちゃうのは、ちょっと……」

「あー」

わかる。

筋肉の申し子鈴木。けっして悪い奴ではなさそうなんだが、悪意なくポロっとやらかしそう。

「高宮はどうだ？　あいつも口は軽そうだが」

「鈴木君よりは信用できるかな。親友だし。それに明日香《あすか》、ああ見えて、意外と致命的なことはしないんだ。直感で地雷を回避するタイプ」

「あー。っぽい」

解釈一致だ。やはり野生系女子の印象は間違っていなかったらしい。

「オーケー。真白と高宮と協力して動いてみる。……うまくやれるかはわからんが、やれるだけやってみるよ」

「……ありがとう！　それじゃ、またあとでね！」

両手を合わせて感謝を告げ、舞浜はとことこと走り去ろうとした。

しかしすぐに足を止めて振り返る。

「月ノ森さんと過ごしたいはずなのに、巻き込んじゃってごめんね。消灯時間のあと二人きりで愛し合いたかったら言ってね。先生の巡回を誤魔化《ごまか》してあげるから」

「いかがわしいことする前提なのはどうにかならないのか？」

「大丈夫。私は何も知らないし、何も聞いてないよ」

「『うんうん恋人同士の秘密だもんね。私は理解してるよ』って顔でうなずくのやめろ」

ツッコミが届く前に、舞浜は行ってしまっていた。

まったく……どんだけ俺と真白に一線を越えてほしいんだか……。

「ああいう生々しいシモな話なぁ。男の俺ならまだしも、真白に聞かれたらなぁ」

「真白に聞かれたらどう困るの？」

「そりゃあ気まずいだろ。常識的に考えて」

「ふぅん。気まずいんだ。真白に聞かれたら気まずい話をしてたんだ。へーえ」

「なんでまた不機嫌になってんだよ。俺はただあたりまえの気遣いをだな、真……し……？」

「どうしたの？　川の流れみたいによどみなかったセリフが突然せき止められたよ。上流に何かやましいものでも詰まってるんじゃないの」

「――真白ぉ!?」

いったいいつから、どこから湧《わ》いてきたのか、じと目の真白がそこにいた。

なぜか今日はつくづく間が悪い。

真白と修羅場《しゅらば》らずにいられない、妙な因果律を感じてしまう。

「舞浜さんとこそこそ話してた。……浮気《うわき》？」

「ち、違う。断じて違う」

「修学旅行、赤い頬、他の生徒の目が届かない場所」

「たしかにその条件だけ見ると告白シチュっぽいけど！　……そうじゃなくて、告白の手伝いをしてくれって言われたんだよ」

「告白の練習と見せかけて実は本命。ラブコメの定番だけど」

「予行練習されたわけじゃないっての。相手がオズらしくてな。友達の俺に、うまいこと二人きりのシチュをセッティングしてくれって」

「本命は主人公の友達、と見せかけてなんだかんだで主人公のハーレムになっていくラブコメもわりとある」

「『あり得る』だけで択を全狩りされたらどう足掻《あが》いてもラブコメになるだろ！」

「おとなしく罪を受け入れて」

「無実の罪は受け入れられん！　……まったく話が進まんぞ。どうしたら信じてくれるんだ」

困り果てて弱音を吐いた。

すると真白は、すこし考えるようなそぶりを見せて。

「ん……。じゃあ、恋人のフリ。他の人にもわかりやすく、態度で示して」

細くても芯《しん》のある、丈夫な針金みたいな声。

潤んだ瞳《ひとみ》を静かに閉じて、真白はえさを待つ雛《ひな》のように唇をつんと突き出す。

「…………！」

ドキリ、と心臓が跳ねた。

体と体の距離は、わずか数十センチ。さらさらの髪先や、リップを塗った唇の艶《なま》めかしさ。ほのかに香る甘い匂《にお》いも、とろけるくらい魅惑的。

だけどそんな物理的に男の本能をくすぐる要素はこの際《さい》どうでもよくて。

ほとんどゼロ距離で無防備な姿を晒《さら》す、全幅の信頼の証明が、精神的に男の本能をくすぐるわけで。

キスを待つ唇が、目に焼きついて離れない。

本物の恋人なら誰《だれ》もが日常的にやっている行為。月ノ森社長との約束を果たすなら、他の誰かに見られたとしても平気な顔でやってのけるべきなんだと思う。

——だが、本当にいいのか？

俺自身はまだ自分の感情が摑《つか》めていない。いまの真白を見ているとドキドキするが、それが恋愛だと断定できない理由もある。

だって、そうだろ？　もしこのドキドキが恋愛感情なんだとしたら、俺はかつて彩羽《いろは》を見て同じ感覚になったことがあるんだから。

これはあくまでも性欲。恋愛感情とはまた違う。

命の危機に晒されたドキドキを恋愛感情と錯覚する、吊《つ》り橋《ばし》効果に踊らされていては、理性の生き物として恥ずかしい。誰かを好きになるとか、愛したいとかって感情はそんなケモノの衝動ではなく、もっとこう、人間らしい何かであるはずだ。

だから、ここでキスはできない。

だけど、真白を拒絶もできない。

親愛を示す範囲で。それでいて、ニセの恋人としての使命を果たせる範囲で。

「んっ……」

首筋を、優しく撫《な》でた。

「な、なに？　……くすぐったいん、だけど」

「恋人らしいスキンシップ」

「え？　……んっ、ちょ……さわさわ、しすぎ……」

「唇にキス、頬にキス、頭を撫でる。いろいろと選択肢を考えたんだが、どれも真白の迷惑になる可能性があったからな」

「……どういうこと？」

「唇はせっかく塗ったリップが落ちる。顔は化粧が崩れる。頭はセットした髪が崩れる。これからまだ班行動があるのに、化粧直しをさせるのはどうかと思ったんだよ。似たようなことで怒られたことあるし」

反省し、改善し、常に成長し続けられる男は誰でしょう？　そう、俺です。

同じ轍《てつ》は踏《ふ》まんよ。フフフ。

今回こそはパーフェクトコミュニケーションに違いないという確かな自信に笑みが漏《も》れる。

「……むう」

……って、あれ。真白？

シミュレーションゲームだったら好感度が上がる選択肢を選んだはずなのに下がってる反応に見えるのは気のせいか？

「汗かいたら、どうせ崩れるもん」

「汗……？」

「どきどきしたら、汗、かくでしょっ……言わせんな。しね。ばか」

ぱふっ、と弱すぎる正拳突《せいけんづ》きを俺の腹に刺して。

「……でも、誠意は伝わった。許す」

許された。

「なるほどね、舞浜さんが、ＯＺ《オズ》に告白できるように。……か」

「あれ？　真白って、オズのことそう呼んでたっけ」

「あ……。えっと、アキがそう呼んでるのを聞きすぎて、うつっただけ。小日向くんね、小日向くん。……あぶない、なまこが出ちゃった」

「何ぼそぼそ言ってるんだ？」

「う、うるさい。とにかく、舞浜さんと小日向くんを二人きりにする手伝いをすればいいんだね？」

「ああ。うまいこと連携して、実現してやりたい。いいアイデアがあればいいんだが」

「簡単。真白にかかれば余裕」

ふふんと得意げに胸を張ってみせる真白。

「おお、頼もしいな。で、具体的にはどんな計画だ？」

「それは……内緒」

「なんじゃそりゃ」

拍子抜けした俺に、くすり、と。

性に合わない小悪魔じみた微笑《ほほえ》みで、真白はこう言った。

「そのときがきたら、教えてあげる」

＊

「——また彩羽《あいつ》か」

タクシーの安くて硬い座席に座り窓の外を見てぼーっとしていたら、ポケットの中でスマホが何度も振動した。

人がぼんやりと古都の光景を眺めて郷愁に浸っているのに、まったく情緒の欠片《かけら》もない奴だ。

いまは観光場所への移動中。

班ごとにルートを自由にカスタマイズできる都合上、小回りの利《き》くタクシーでの移動が推奨されていた。学校（というか菫）の手配したタクシー会社が、すべての班にしっかり張りついて同行してくれるっていうんだから至れり尽くせりだ。

修学旅行なのにずいぶんとリッチだと思うが、そこは普段パワハラまがいな女教師なりの、一年に一度のデレってことにしとこうかね。

ちなみに班でタクシー移動といっても、男女混合で密室空間に詰め込んだりはしない。そもそも六人なんて人数は乗用車には入りきらない……最近は大人数を乗せられるワゴンのタクシーもあるんだからそっちにすればと思うけど。まあ、その手の特殊な車両は台数も少ないだろうし、必要数を確保できなかったんだろうな。

修学旅行だってのに会社のリソースなんてもんに思考が流れちまう自分にあきれつつ、俺はあとため息をひとつ。きっと彩羽からのくだらないウザ絡みであろうＬＩＭＥメッセージを確認する。

《彩羽》いや〜、京都ってイイ町ですね〜センパイ♪

……は？

思わず二度見した。
どうでもいい話題なら既読スルーするつもりだったんだが……クソ、気になるじゃねえか。
《ＡＫＩ》変な匂わせやめろ。だいたいまだ放課後になってねえだろ。来るのは無理だ、無理
《彩羽》本当に無理だと思いますか？　私からは見えてるのに？
《ＡＫＩ》適当言うなアホ
《彩羽》隣にお兄ちゃんがいますよね。で、運転席に運転手さん。もう一人は知らない人です
けどクラスメイトですか？
《ＡＫＩ》!?

バッ、とスマホから顔を上げて車内の様子を確認する。

「うおおお、道路すっげー！　まっすぐじゃん！　定規かよ！」

「京都の道路は碁盤《ごばん》の目のようだって表現されるよね。ただ寺や国の土地との兼ね合いで完全な直線になってない部分も多くて、完全な碁盤にはなりきれてないみたいだよ」

助手席ではしゃぐ筋肉の民、鈴木。そして後ろの席、俺の隣にいる通常運転オズペディア。

――完全一致してるじゃねえか。

いや待て、落ち着け、俺。彩羽の書き込みをよく読み解いてみろ。これはトリックだ。

《ＡＫＩ》騙《だま》されんぞ。タクシー移動の件と班の人数さえ知ってりゃ猿でも予想できんだろ。オズが俺の隣に座るなんて、見なくてもわかるしな！
《彩羽》窓の外を見たらわかりますよ。私いま隣を並走してるんで。やっほーやっほー☆
《ＡＫＩ》いくら煽《あお》られてもべつに見ねえっての。嘘に決まってんだから

そう打ち込んだ後、ちらりと窓の外を見る。……念のためな？

一台のタクシーが追い越していくのが窓から見えた。窓越しに高齢の女性と目が合った。穏やかな物腰の彼女は上品な微笑みとともに会釈《えしゃく》する。

フフフ。ほら、やっぱ嘘じゃねえか。と、勝利の笑みを浮かべてスマホに視線を戻すと。

《彩羽》はいっ、いま窓の外を見たーっ☆
《ＡＫＩ》謀《はか》りやがったな⁉
《彩羽》ワンチャン彩羽ちゃんの可愛《かわい》い顔とコンニチハできると期待しちゃったんですね？
《彩羽》にゅふふふ。残念でした！　私は地元でーっす！　期待させちゃってサーセン☆
《ＡＫＩ》学校生活に集中しろアホ。スマホの充電も限られてんだよ、もう返信しねえぞ！

そうメッセージを送りつけるとアプリの設定を変更し、ＬＩＭＥ着信時のバイブレーションを切った。

はあ、とため息をついて――……。

俺は印刷された修学旅行のスケジュール表に目をやった。

気を取り直して修学旅行のことを考えよう。せっかくの機会なのに、彩羽の遠隔ウザ絡みに振り回されては敵《かな》わん。

「金閣寺《きんかくじ》、龍安寺《りょうあんじ》、伏見稲荷大社《ふしみいなりたいしゃ》の順番……か。今日は午後だけで回り切らなきゃならんのに、ずいぶん非効率的なルートだよなぁ」

移動時間が長すぎる。これではそれぞれの場所で過ごせる時間はかなり短くなってしまうのだが――……。

隣から、くすっと笑う声が聞こえた。

「アキにしては珍しいよね。このプランでＯＫするなんて」

「前ならツッコミを入れてたな。貴重な時間を無駄にすんなって」

「でも、入れなかった」

「女子側の押しも強かったしなぁ。そんなに行きたいなら否定する必要もないと思ったんだ」

「驚いた。アキにそんな人並みの甘さがあったなんて」

「俺をサイボーグか何かだと思ってないか？　……まあ、こんなの考え方次第だしな。実際、今日行く三ヵ所はどこも観光スポットとしての魅力が高いし、写真に残すならここ、って場所でもある。効率重視で近場だけを回った結果、映《ば》えのイマイチな場所も候補に加えるくらいなら、一番行きたいところを全部行けばいいさ」

「へーえ。やっぱりアキ、この半年くらいでずいぶん変わったね」

「……旅行でまで効率、効率言ってたら、休まるものも休まらないからな」

「あはは。そうだね」

シンプルな相槌《あいづち》。だがその短い言葉は、二人で積み重ねてきた年月のぶんだけ重みがあった。

お互いに最初はずいぶんと問題児だったと思うが。《5階同盟》での活動、真白やいろいろな人との関《かか》わりの中でかなり進歩してこられた。……はず。たぶん。おそらく。

だからこそ自分にはまだ変わる余地があると信じられるわけで。

恋やら青春やらっていう、プライベートな部分と向き合った結果にまたひとつ何かが変わるかもしれないとも思うからこそ、この旅行を大事にしたいと思っているわけで。

「……あ」

ふと、窓の外に隣の車線を走るもう一台のタクシーが見えた。さっきまですこし後ろを走っていたのが、隣までやってきたらしい。

助手席に座り、ぼんやりと窓の外を眺めていた女子生徒——真白と目が合う。

真白は一瞬だけ隣の舞浜や高宮を気にしてから、こっそりと手を振ってきた。

慣れないクラスメイトと狭い車内での移動。人見知りの真白がそんな時間に耐えられるのか心配だったが、杞憂《きゆう》だったらしい。ずいぶん余裕そうだ。

はにかみながらのコミュニケーションに微笑ましさを覚えながら、俺も同じように手を振り返す。

こちらも、オズや鈴木にバレないように。

からかわれると面倒だしな。

＊

そうして最初に着いたのは金閣寺。

タクシーから降りて真白たち女子陣と合流し、緑の目立つ風情《ふぜい》ある道を進んで総門をくぐる。

整備された道は観光客であふれていたが、導線が計算され尽くしているおかげか景観が損なわれることはなく、左手の鐘楼《しょうろう》や櫟樫《いちいがし》の美しいさまが自然と目に入った。

……おっと、いかん。つい観光客の視線誘導やらのほうに意識が向いてしまうな。

でもこればっかりは職業病というか何というか。仕方ないことだと思うんだよ。

ゲームを作ったことのない人間にはいまいち理解されにくいんだが、プレイヤーに前提知識がなくてもごく自然に入り込めるように、ゲームには細かい工夫がされている。何気なくあたりまえの顔で存在してるトップ画面でさえ、どこをタップしたら何ができるのか、というのを、直感的に理解しやすいように配置したり、ストレスを感じないまま自然な流れでガチャを回したくなるようにしたり――……。あとはゲーム内のマップも、適度にワクワクする範囲で迷子にさせながらもけっして投げ出したくならないように程よくヒントを散りばめたりするんだが、このあたりの工夫は意外とテーマパークや観光名所のノウハウと近かったりする。

正直、『黒山羊《くろやぎ》』はまだまだ発展途上。長年運営を回し続けている、歴史と伝統ある観光地やテーマパークの一流の技術から学べる部分はかなり多い。

まあ、こういうことを考えてしまうのも含めて俺のプライベートなんだろう。

「あーっ！　金閣キター！　大星、カメラマン！」

道なりに進んだ先に待ち受けていた、メインスポット。

金閣寺において最も旨味のある大トロ――舎利殿金閣《しゃりでんきんかく》。

純金の箔《はく》が煌《きら》びやかな建物は、池を挟んで対岸からでもその威容がハッキリと窺える。

他の観光客が撮影を終えて空いた場所を、野生の観察力で目ざとく見つけた高宮が、真白と舞浜を引っ張り確保しにいく。

しかも、自分のスマホを、俺に押しつけてから。これで記念写真を撮れってことらしい。

右手に真白、左手に舞浜を抱えてダブル横ピース。はよ撮れ、との要望通り、俺はスマホを構えて……すこし迷う。

——使い方がまったくわからん。

ゲームのデバッグのために複数機種を扱うことが多い俺だが、さすがにカメラ機能までは全機種で経験しているわけじゃない。

困っていると、察しのいい親友が横からすっと近づいてきた。

「このメーカーのカメラは大体このアイコンをタップして、こんな感じでピントを合わせて」

「お。いい感じだ」

「あとは設定によるけど……あ、この設定なら大丈夫だね。あとは横のシャッターボタンを押すだけ。自動で手ブレ補正もしてくれるし、綺麗《きれい》に撮れるよ」

「なるほど。——よし、撮るぞー」

「おっけーい！　イエエエエエエエエイ!!」

「い、いえーい」

高宮のハイテンションな掛け声と、真白のおずおずとした声に合わせて、パシャリ。

おお、たしかに一発で綺麗に撮れた。最近のスマホはやっぱすげえな。

ゲーム制作ではスマホをフル活用しているものの、こういうときに自分のプライベート力の低さを実感させられる。

しかし写真機能なんて滅多《めった》に使わないって意味ではオズも同じだろうに、それでも詳しいところが、オズのオズえもんたる所以《ゆえん》だよなぁ。

《5階同盟》のゲーム制作においてはプログラミングとゲームデザインを主に担当しているから、世間（と言っても『黒山羊』ユーザー、という狭い世界の話だが）からはプログラマーとして認知されているが、実はその認識は間違っている。

広い意味で、エンジニア。

どちらかといえば、発明家の領域に踏み込んでいるのが、小日向乙馬《おずま》という男である。

好奇心がそそられ、興味関心の赴く知識は積極的に学習していくため、デバイスに関する知識もかなり持ち合わせている。

「ほら、これでいいか？」

「どれどれ～？　……うん、完璧《かんぺき》！　やるじゃん大星～。京子《きょうこ》ちんと真白ちんにも送るね！」

高宮はどうやらご満悦のようで何よりだ。

いつの間にか真白への呼び方が『月ノ森さん』から『真白ちん』に変わっているが、真白が何もツッコミを入れないあたり、あだ名呼び同意の儀式は済ませているらしい。タクシーの中でまたひとつ仲良くなったんだろうな。

なんて、呑気《のんき》に思っていたら——。

「てわけで次は真白ちんと大星のツーショットFOO～！」

盛大に巻き込まれた。

仲良くなりすぎだろ！　ひとつどころか数段飛ばしで距離縮まってるじゃねえか！

「お、おいよせ、押すなって。こんな目立つ場所で」

「ほ、ほんとそれ。こんなの、羞恥《しゅうち》プレイ。人前でイチャつくの、はしたない」

「そうだそうだ。……ところで真白さん、そちらの運動量ベクトルがこっち側に向いてるのは気のせいでしょうか？」

「小柄で非力な真白には抗《あらが》う術《すべ》がなかった。残念」

「どう見ても無抵抗降伏してるような⁉　深海を漂うくらげでももうすこし動く努力をしてるだろ」

「くらげにたとえるなんて最低。小学生のとき、『やーい、おまえの母ちゃん海月《くらげ》』ってばかにされたトラウマが……」

「なかなか難しい漢字が読める小学生だな！　てかいままで近くにいて初めて聞いたぞ、そのトラウマ！」

高宮と舞浜に左右からサンドイッチが如《ごと》くグイと押され、強制密着。

俺と真白の必死の抵抗――と呼べるかは議論の余地があるが――むなしく、カメラの画角に収まってしまう。

「女子ってやつは、なんでこう写真ひとつでここまではしゃげるんだ」

あきれて息を吐き出す。

と、体を離しながら舞浜が素朴な感じでこう言った。

「せっかくの恋人同士の修学旅行だもん。素敵な思い出の一枚、あったほうが絶対いいよ」

「そういうもんか?」

「そーゆーものっ! はいっ、それじゃ撮るよーっ!」

舞浜への問いに突然割り込んで答えたのは、いつの間にかカメラマンの位置まで移動していた高宮……って、移動速すぎだろ。あとその距離で聞こえるとか地獄耳がすぎる。マジで野生動物じゃねえか。

密着姿勢はそのままに、女子二人だけが画角から外れ――完全無欠のカップル状態。

目の高さよりもすこしだけ下にある真白の頭、すこしうつむいた顔を見ながら、気まずさのあまり口を開こうとして。

「真白。なんていうか、ごめ――」

――でも、ピタリと止める。

出そうになったのは、謝罪の言葉。俺なんかと密着状態でごめん。からかわれて写真を撮られることになってごめん。

でもそれは裏を返せば、俺が真白とのツーショットを拒否しているようにも聞こえてしまわないだろうか?

俺自身は旅行写真にすこしも価値を感じないし、俺なんかと写真に写るのは罰ゲームだと思っているけれど。

俺のことが好きだっていう真白にとっては、女子たちの言う通り、素敵な思い出の一枚になるかもしれなくて。

だから俺は、ごめん、の代わりに、べつの言葉をひねり出した。

「——楽しいか？　こういうの」

「……うん」

照れたようにうつむきながらも、その返事には一切《いっさい》の迷いがなかった。

「そっか。ならよかった。……ポーズ、こんな感じでいいか？」

「ダッサ」

「俺の貧相な写真経験じゃVサインしか知らないんだよ」

「でも、好き。……ぶいっ」

なら最初から素直にそう言えよ。

内心で文句を言いつつも、得意げにVを見せた真白に続けて俺もポーズを決めてみせる。

なにあれ可愛い～。カップル？　顔面偏差値釣り合わねー。みたいな通りすがりの観光客の冷やかしの声や視線は気になるが。

真白にとって楽しい修学旅行の一幕になったなら、まあ、これぐらいの羞恥は安いもんか。

「はーい！　ベストショットいただきーっ！　あとでLIMEに送っとくねーっ！」

連写機能もふんだんに駆使したJK流スマホ撮影テクを披露され、羞恥の時間は終わった。

ただ写真を撮るだけだってのに妙に緊張した……まだ変な汗かいてるし。

密着状態が解除された後、真白も微妙にかいた汗を手でパタパタとあおいでいたが――。

ふとこちらをちらりと見て、こそっと耳元でささやいてきた。

「ね、アキ」

「どうした？」

「いま、チャンス」

「お……そうだな」

真白のひと言ですべてを悟った。

金閣を背景に写真を撮る、というこの美味《おい》しいシチュエーション。さらに俺と真白がカップルのツーショットなんてものを披露してみせたばかりなのだ。

ごく自然な形で、オズと舞浜のツーショットも実現させられる。

ただ、舞浜の希望はあくまでも『さりげなく』だ。

勘の鋭いオズに意図を読ませないようにするのは至難《しなん》の業《わざ》。すこしでも強引なところがあれば、一発でバレちまう。

しかしいまは千載一遇《せんざいいちぐう》のチャンス。いまなら『さりげなく』を実現できるはず！

「お、もしかしてお二人さん。京子ちん案件の作戦会議かな？」

俺と真白の内緒話を野生の嗅覚《きゅうかく》で嗅《か》ぎつけて、高宮が寄ってきた。

……俺、何回『野生』って表現使ったっけ？　さすがに失礼かもしれん。すまんな、高宮。

「あの二人にもツーショットを撮らせたくてさ」

「ほうほう」

「オズに悟られないよう、自然な感じで話を持っていきたかったんだが、いまがまさに絶好の機会だと思ってさ」

「だよねーっ！　ちょうど同じこと思ってたんだ。よっしゃ、任せとけよぉ～！」

「えっ」

「お～い、小日向～！」

恐るべき瞬発力。俺の脳裏《のうり》に嫌な予感が生じるよりも先に高宮は動き出していた。

舞浜の背中を力士の如く押しながら、すこし離れた場所で金閣の風景だけをスマホカメラに収めていたオズのもとへと強引に連れて行くと――……。

**「おまえらもツーショット撮れや、オラァッ！」**

**「どこが自然なんだよ」**

古くは山賊、昭和ならチンピラ、平成ではDQN《ドキュン》と呼ばれてそうな奴のテンプレ台詞《せりふ》。

自然どころかむしろ『強引』の代名詞じゃねえか。

「なに言ってんの、自然そのものじゃん。自然界なら回りくどいことナシ、こんくらいの勢いで交尾までいくっしょ！」

「脳内からレッテルを剝《は》がそうとした俺の努力を踏みにじるのやめてくれないか？」

自然界なら、なんてパワー表現されちゃったら、もう野生系ってくるしかないじゃん……。

「ん？」

すぐそばでガヤガヤやっているのに気づいて、オズが振り返る。

会話の内容が聞こえていたんだろうか、オズはにこりと王子様の笑みを浮かべて言った。

「もしかしてツーショットを撮ってくれるのかな？　舞浜さん」

「……！　は、はいっ！」

舞浜の表情が、ぱあっと輝いた。

まさかの一発OK。

策を弄しようとしていたのが馬鹿《ばか》らしくなるほどの清々《すがすが》しい展開で、俺は拍子抜けしてしまう。

やはり人間の浅はかな知恵など大自然の掟《おきて》の前には無力なのか。高宮の野生こそ正義だったのか。

そんな無力感に苛《さいな》まれていると、突然、ぐいっと肩を抱かれて俺は体勢を崩した。

「なっ……オズ⁉　おま、何のつもりだ⁉」

「え。何って。僕ら親友同士の思い出のツーショット、舞浜さんが撮ってくれるらしいから」

「はあ⁉」

待て待てどうしてそうなった。

いや、たしかにオズは『ツーショットを撮ってくれるのかな？』としか言っていないけどさ。

流れ的にどう考えてもオズと舞浜のツーショットの話だろ⁉

ほら見ろよ、舞浜の困り果てたような顔。会話にエラーが生じたときの反応だろ。

空気を読め。状況を見て的確なコミュニケーションを判断しろ。……と、オズに求めるのは酷だってことは、そりゃあ俺もわかってるんだけどさぁ……。

「あれ、撮ってくれるんじゃないの？　舞浜さん」

「あっ……あー……モチロン、ヤルヨ……」

ゆっくりした音声読み上げソフトのような声で言って、舞浜はスマホを構えた。

その目は死んでいた。

オズが俺と肩を組んだまま、ピースサインをしてみせる。

こうなってしまえば話を合わせないほうが不自然なので、俺もカメラ目線、かつ、引きつった笑みを浮かべたまま、ピースサイン。

「ハイ、チーズ」

瞳孔《どうこう》が開いたままの目、そして棒読み。感情を司《つかさど》る脳の一部を抜き取られた悲しき操《あやつ》り人形のようになった舞浜がシャッターを切る。

パシャリ。

「うん、よく撮れてる。ありがとう、舞浜さん」

「ドウイタシマシテ」

舞浜の手から受け取ったスマホの画面で仕上がりを確認し、満足げにうなずくオズ。

機械的にお辞儀をした舞浜は、さあ次に行こう、と歩き始めたオズの背中を見て、それから錆《さ》びついた時計みたいな動きで、俺や真白、高宮のほうを見た。

「ナンデ、コウナルノ?」

……本当にすまん、舞浜。

*

次に訪れたのは龍安寺。

紅葉で彩られた境内《けいだい》を進んでいくと、案内役のお坊さんが仏殿で迎えてくれた。

煌びやかで派手で映え映えな金閣寺とはまた違った空気感。

この寺院が禅《ぜん》の価値観を重んじているからだろうか。不思議な圧迫感というか、なんというか。身が引き締まるような感覚があった。

横を見てみたら、他の班員も同じらしく――……。

真白は両手両足が同時に出る、めちゃくちゃわかりやすい緊張の仕方をしていた。

野生の高宮でさえ騒ぐのを我慢し……いや、我慢しすぎてるせいか、汗が滝のように流れてるし。

鈴木も筋肉が委縮している。

舞浜は……ああ、舞浜だけは相変わらずオズを意識しまくっているだけだった。

禅の心も恋愛脳の前には無力である。

案内されるままに板敷の縁側を歩いていくと、俺たちを待っていたのは世界文化遺産『石庭《せきてい》』だ。

白砂に大小さまざまな石が並べられたこの空間は、縁側から眺めると一枚の絵画のような、不思議な趣《おもむき》がある。

龍安寺の石庭は枯山水《かれさんすい》の庭園として随一の知名度と人気を誇るとされるが、人気の呼び水となったのは英国の女王陛下の絶賛だったとも言われている。

やはり影響力ある人物からの紹介はプロモーション効果絶大だ。そしてそれは、金で買えるような空虚な褒め言葉では意味がない。心の底からあふれ出る、本物の絶賛でなければならない。そのためには、その芸術そのものに人を惹《ひ》きつける圧倒的な魅力が不可欠なのだ。

地力ある良き作品が、影響力ある人物に紹介され、より高い人気を獲得する――。

観光地もゲームも、その点で同じだ。やはり『黒山羊』も、茶々良《ささら》をしっかり沼に落として推してもらい、女性層へのリーチを――……。

……またやっちまった。どうしても思考がそっちに流れてしまうな。

首を振って意識を観光に戻す。

そして前を向き――前から歩いてくる人物の顔を見て、あれ、と瞬きする。

同じ香西《こうざい》高校の、女子制服。禅の心を重んじるこの空間でもお構いなしに、テキトーに制服を着崩した赤毛の女子生徒。

「音井《おとい》さん?」

「おー、アキかー。おつー」

ぷらぷらと手を振って、音井さんが近づいてくる。

「お疲れさまです。音井さんの班も龍安寺をルートに含めてたんですね」

「順番は違ったみたいだけどなー。ウチらは見学終わって、いまから次に行くとこー」

「なるほど。まあそこまでピッタリとはいきませんよね……って、それは駄目でしょう」

「んー?」

「それ。口。さすがにマナー的にどうかと思います」

「あー、これかー」

指摘されて、音井さんは咥《くわ》えていた棒を、口の動きだけでぴょこぴょこ動かした。

音井さん愛用の飴《あめ》。チュパドロの棒である。

しかしいくらマイペースな音井さんといえども、こういう場所で飲食はまずかろう。友人として見過ごすわけにはいかん。

「何か誤解してるみたいだが、これ飴じゃないぞー」

「え?」

「ほれ」

そう言って、音井さんは棒を指でつまんで、口からちゅぽんと引き抜いた。

唾液《だえき》でほんのすこし濡《ぬ》れたその先端に飴はついておらず、飴の残り滓《かす》さえない。

棒キャンディではなく、ただの棒だ。

「食べ終わったあと、しかも洗浄済みの棒でなー。入場前に坊さんにも確認してもらったが、アクセみたいなモンってことで、認めてもらったー」

「な、なるほど……」

まあこれは音井さんの謎《なぞ》のゴリ押し力とわざわざ洗浄済みの棒を持ち込むという奇行がゆえの例外措置だと思うし、さすがに誰かが真似《まね》したりはしないか。音井さんはフィクションの中の人物みたいなモンだし、良識ある良い子は現実とフィクションを混同して真似するわけないよな。よし、OK。この表現には何の問題もないな、うん。

「てか、飴のついてない棒をなんでわざわざ咥えてるんですか……?」

「んー。なんとなくー?　口が寂《さび》しくてなー」

「ヘビースモーカーみたいなこと言わんでください」

すこしは年齢をわきまえてほしい。高校生らしくないって意味では俺も人のこと言えんけど。

「おすそ分けしてやろうかー?」

「いりません」

「まーまー、遠慮すんなー」

そう言って、咥えていた棒を俺の口に近づけてきた。

センシティブな感性など持ち合わせていない音井さんは、表情ひとつ変えずに、間接キスを迫ってくる。

「ほ、本気ですか?　クラスメイトの前で……!?」

確かに音井さんの距離は無駄に近い。

中学時代からの付き合いだし、自分の性に無頓着な彼女は事あるごとにこういうノーガードなコミュニケーションをしてくる。

けどそれは、収録現場とか、二人きりのときだからギリギリ許される行為であって。

衆人環視のもとでやったら、あらぬ誤解を受けるのが自然の摂理であって。

近づきつつある、てらりと光る咥え済みの棒。

それを前に、どう回避すべきかたじろいでいると——……。

ピタリ、と。

棒が止まる。

俺の口に触れる寸前、横からすっと差し出された白くて細い指が、棒の侵攻を遮《さえぎ》っていた。

「音井さん。班員の人、待ってる。移動は迅速《じんそく》にしたほうがいいと思うけど」

真白だった。

冷静な指摘を装っているが、その目と声はあきらかにおこだった。

「おー、月ノ森ー。おつー」

「おつー、じゃない。班行動に戻る。いますぐ。可及的速やかに」

「あー。ウチとしたことがめんどい地雷踏んだ感じかー？　知らんけどー」

「なにその余裕。正妻感を出してるつもり？」

「おいおい。あんまピリピリしなさんなー。ウチとアキが付き合うとか、もうありえんから。嫉妬《しっと》しなくて大丈夫だぞー」

「……もう？」

「はいはいはいはいはいはいおしまい！　他のお客さんにも迷惑になるから、立ち止まっての長話はその辺にしておこうな！　なっ⁉」

話が変な方向に流れそうだったので、緊急介入。音井さんの背中を強引に押して真白の攻撃範囲から逃がそうと試みた。というか音井さんよ、人にさんざん地雷ワードを指摘するくせに、自分はあきらかな地雷を容赦なく踏み抜いていくスタイルなのはどうかと思うんだ。

誤魔化されてるのをうすうす気づいているのか、真白の不満含有率80％の視線が背中に刺さる。

そんな負の感情を察してか、音井さんは押されながらも首だけで、うっそりと真白のほうを振り向いて。

「変な感じになった詫《わ》びにー。一個、いいこと教えてやるよー」

「……いいこと？」

「わびさび。風情。ここは、そーいうので有名な寺院でなー」

無表情。

けれど口元に、微《かす》かに意地悪な笑みが浮かんで。

「せっかくの機会だし、月ノ森も学んだらどうだー？　そーすりゃーその不安定な嫉妬体質も、ちょっとはマシになるかもしれんぞー」

「……！」

かっ、と真白の顔が赤くなる。

もちろん、俺の顔は青くなる。

「なぜそこで煽る⁉　ほら、いいかげんに班に戻ってください！」

「おいっすー」

やる気のない返事をしながら自らの班に帰っていく音井さん。

突然現れて、かき乱すだけかき乱していくとは……。

何がやりたいんだ、あの人は。

「アキ……。もしかして音井さんと過去に何かあったんじゃ」

「過去を振り返るのはやめよう。いまは目の前の観光に集中すべきだと思うんだ」

「ごまかそうとしてる？」

「いまは目の前の観光に集中すべきだと思うんだ」

「ＮＰＣみたいに同じ台詞を繰り返しても無駄だから。真白、翠《みどり》部長と違うから。ゴリ押しが通用すると思わないで」

「くっ……手強《てごわ》すぎる。いや、べつに真白が疑うような関係ではなかったんだが……」

「アキの主観はいらない。客観的な根拠を求む」

「――なら僕から説明しようか」

真白の責めにたじろいでいる俺を見かねて、オズが助け船を出してくれた。

美しき世界文化遺産、風情ある風景と過去の思い出を重ねるように目を細め、過去に思いを馳《は》せる。

「中学生の頃。アキと音井さんは、どっちも教室で浮いてる存在だったんだ」

「おい待てオズ。本当に話す気かよ」

あまり触れられたくない過去がある。それは俺や音井さんだけでなく、オズだって同じはずだろうに。

真白だけでなく、舞浜、高宮、鈴木……班員たちの好奇の視線を一身に受けながら、オズは内緒話のように人差し指を立て、いたずらっぽく笑う。

「とある事情で荒れていたアキと、音井さん。二人の対立のせいで、教室には常に険悪な空気が漂っていたんだ」

「アキが……荒れてた……？」

真白は意外そうな目で俺を見る。

その反応も無理はない。

中学時代はちょうど真白との交流がまったくなかった空白期間。その間の俺がどんな環境で何をしていたのかまるで知らないのだから。

しかも『荒れてた』なんて、現在の空気・オブ・空気な俺からは想像できない単語なわけで。

「それで。ふたりは、どうなったの？」

「それで、その後いろいろあって、アキは――」

自分の知らない俺の過去に興味津々らしく、食い気味に身を乗り出す真白。

語り手のオズは、都市伝説ナレーターの如く情感たっぷりに間を空けて、さんざんもったいぶりつつ、とっておきの決め顔でこう言った。

「——僕と『特別な関係』になりましたとさ。めでたし、めでたし☆」

「めちゃくちゃ省略した上で意味深なオチをつけるな」

バシ、とオズの頭にチョップを落とす。

「でも嘘はついてないよね？」

「嘘をつかずに人を騙しても詐欺は詐欺なんだよ」

「人聞き悪いなぁ。実際のところ、こーんなに仲がいいのに……さ♪」

俺の肩に腕を回して、オズが顔を近づけてくる。あまりにも唐突なアプローチに、ざわっと女子たちが色めき立った。

「おぉ——っ⁉　マジか！　大星と小日向、マジそれかっ！」

「そ、そんな……私にはもう、チャンスはなかったって、こと……？」

「あっ、アキ……ゆ、許さない。ま、真白というカノジョがいながらっ……おっ、ＯＺとっ」

高宮が興奮し——

舞浜が絶望し——

真白が狼狽《ろうばい》し——

三者三様の混乱に見舞われた班員たちが、複雑な感情を込めた目で俺とオズを見つめてくる。

「ち、違うんだ。これはそういう意味じゃなくてだな」

「いーや、べつにいいよ大星。自然界でも成立する愛情だし。あたしは応援するぞ！」

「ショックです……けど、小日向くんが幸せなら、オッケーです……」

「おいオズ。どう責任取ってくれるんだ、収拾つかないぞこれ⁉」

オズの耳元で、小声で抗議。

するとオズは愉快犯じみた笑顔でウインクしてみせた。

「あはは。まあでも、これで有耶無耶《うやむや》にできたでしょ？　……月ノ森さんに触れられたくないところを、さ」

「それはそうなんだが……。あっ、はい」

さらに抗議を重ねようとしたとき、不意に肩をトントン叩《たた》かれて、俺はとっさに振り返る。

ニコニコと笑顔でたたずむ坊さんがいた。

垂直に立てた親指をビシっと横にすると、寺院の出口を指し示す。

そして、ゆっくりとした口の動きだけで、単純明快なメッセージを伝えてきた。

う・る・さ・い・の・で・お・ひ・き・と・り・く・だ・さ・い。

「……本当に申し訳ありませんでした」

ぐうの音《ね》も出ない正論だった。

その後、追い出されて次の場所へ移動するまでの間に、どうにか説明して、女子陣の誤解を解くことに成功した。基本的に俺は他人からどう思われようが構わないのだが、今回は舞浜がいたので放置できなかったのだ。

本気でオズを好きで、悩んだ挙句《あげく》に俺に相談を持ち掛けてきた女子。そんな本気の気持ちを、真白の思考を俺の過去から逸《そ》らすためだけに踏みにじるわけにはいかない。

二人きりのシチュエーションはまだ作ってやれていないが、次の目的地——伏見稲荷大社では、きっと実現してやりたい。

このときの俺は、そう思っていた。

思っていたのだ。

仮にうまくいかなかったとしても、思っていたという事実だけは本当なのだ。

…………。

先に謝っておこう。

すまん、舞浜。

まさかそれどころじゃない事態になるなんて、予想できるはずもなかったんだよ……マジで。

＊

『人の恋愛を応援したいと思っていたら、いつの間にか自分の恋愛イベントが進んでいた件について』

『ちょっと待った、アキ。何があったのかを語る前にオチを先に言うのはどうかと思うよ』

『でもどうせオズも薄々、そろそろ何かイベントが起こると思ってただろ?』

『YESかNOかで言えば、正直YES』

003

Tomodachi no imouto ga ore nidake

# 第3話　友達(?)の妹が俺にだけウザい

昼と夕方の間。抜けるような青空にスパイス程度の黄昏《たそがれ》色が混ざる時間帯。

俺《おれ》たちが伏見稲荷大社《ふしみいなりたいしゃ》に到着したのは、そんな、どこかあの世とこの世の狭間《はざま》めいた頃合《ころあ》いだった。

何が起きてもおかしくない異様な雰囲気の中タクシーを降りると、ちょうど同じタイミングで近くのタクシーから別の班の生徒たちが降りてきた。

見慣れた制服姿の人間がぞろぞろ出てくる……だけなら、べつに気にならなかったんだが。

見慣れた顔まであったら話は別で。

「あれ。奇遇だな」

「えっ。お、大星《おおぼし》君⁉」

髪をまとめたリボンがビクンと跳ねる。

声帯が裏返るような声とともに振り返ったのは、本日やたらと遭遇する優等生・翠《みどり》だった。

やはりここでも持ち前の委員長リーダー気質を発揮していたらしく、５人の班員たちを導くように堂々と先頭を歩いていた。

が、俺が突然声をかけたせいで動揺させてしまったらしく、真《ま》っ赤《か》な顔であたふたしている。

……威厳を粉々に吹き飛ばしてしまったかもしれん。

「おっと。いきなり声をかけたら迷惑だったかもな」

「そ、そそ、そうだよっ。職場に恋人が押しかけてきたら困っちゃうでしょ。それと同じ！」

「その比喩《ひゆ》はよくわからんが……すまん。俺が悪かった」

「ホントだよ、もうっ。班員のみんなも先を急いでるわけでっ。ねえ、みんなっ⁉」

「あ、お構いなくー」

「むしろどんどん会話してけー」

「委員長、ふぁいとー」

「ええっ⁉」

同意を求めて振り向いた翠だったが、意外にも班員たちは大らかだった。

むしろ、もっとやれ、という空気さえ感じる。

演劇部のときも感じた絶妙な侮られ感。尊敬と同時に程よくマスコット的な愛され方をしていそうだ。

とても特進クラスの生徒たちとは思えない、くだけた雰囲気。

翠が上に立って率いると、どんなコミュニティもこうなってしまうんじゃないかと思えてくる。

案外、彼女のようなリーダーに率いられる国は平和だったりするのかもしれないな。

「しかしこの時間帯の伏見稲荷を選ぶとは。翠部長もなかなか通《つう》だな」

「あっ……やっぱり大星君も、わかってて、この時間に？」

「いや、正確には俺じゃなくて——」

「——真白《ましろ》の提案」

ぼそっとつぶやきながら、真白が間に割って入る。

目の前に突然現れた真白にぎょっとした顔になり、翠は両手を振ってあわてて弁解した。

「月ノ森《つきのもり》さん⁉　ち、違うの。べつに大星君を盗《と》ろうとしたわけじゃなくてっ」

「わかってる。翠部長は、真白の味方だもんね。……ね？」

「も、もちろんだよ。あは。あははは！」

乾いた笑みを浮かべる翠をじーっと見つめた真白は、ま、いいや、とつぶやいて、境内《けいだい》の大きな鳥居を見上げた。

そして両手を左右に広げ、うっとりした顔で言う。

「黄昏時の伏見稲荷は独特の趣《おもむき》。紅に燃える空と、千本鳥居《せんぼんとりい》の組み合わせは、和の中二心をくすぐると聞く。絶景に、期待……っ」

「あっ、そうそう！　私もそれが目当てでこの時間帯にしたんだ」

「小説の題材にしたことあるけど、まだ来たことなかったから。肉眼で見るの、楽しみにしてたの」

「うんうん。私も巻貝《まきがい》なまこ先生の『白雪姫の復讐《ふくしゅう》教室　地獄の修学旅行編』で出てきた、茜色《あかねいろ》に染まる千本鳥居っていうのが印象的で。絶対この時間帯に見るんだって、決めてたんだ。……えっ、月ノ森さんも小説に登場させてたの？」

「ももも、モチーフがかぶるのは、よくあることっ。おしゃれな景色なら尚更《なおさら》っ」

「ああ、そうだよね。ビックリしたぁ。会話の流れからして月ノ森さんが巻貝なまこ先生なのかと思っちゃったよ」

「そ、そんなわけない。こ、こんな身近に大ヒット作家がいるわけ、ないし」

「そうだよねー、あはは。私ったら変なこと言ってごめん」

「う、ううん。真白こそ、ごめん」

真白と翠、この修学旅行プランを希望した二人が何やら意気投合しているらしい。

会話の内容はいまいちよくわからないが、とりあえず二人にとってロマンを感じる風景ってことなんだろう。

……などと冷静ぶってる俺も、以前に読んだ巻貝なまこ先生の作品に似たような景色が登場したのを憶えていたのもあり、実はちょっとばかり興奮しているのだが。

「それはともかく。翠部長、なかなかいいセンスしてる」

「えへへ。月ノ森さんに褒められるの新鮮で、なんだかこそばゆいかも」

「信賞必罰が真白の信条。いいことは素直に褒める。……この時間帯の見栄えを狙《ねら》うのは結構難しいはずだし」

「時間の調整がシビアで、すこし遅れると暗くなってきちゃって、鳥居が見えにくくなっちゃうらしいのが残念なんだよね。でも、タイムスケジュールを完璧《かんぺき》に管理できるなら、この時間を狙い撃《う》ちにできる！」

「それ。さすが翠部長」

グッジョブ、と親指を立てる真白。

真白がこんなふうにくだけた態度を取るところを見るのは珍しい気がする。最近でも彩羽《いろは》や菫《すみれ》が相手のときぐらいのものだと思ってたんだが、どうやら知らない間に翠とも仲良くなったらしい。

そういえば演劇のときに翠は巻貝なまこ先生の脚本にドハマリしてたんだよな。同じ作家の小説を愛読してる人間同士、通じ合うものがあるのかもしれん。

「うんうん。気が合うね。それじゃあ――」

翠のほうもテンションが上がっているようで、真白の手を握りしめて上下に振りながら言う。

「――せっかくだし、うちの班と月ノ森さんの班、一緒に回ろっか！」

「ん、おっけ。楽しそう」

「え？　お、おい真白。本当にいいのか？」

ノリで二つ返事をしている真白をあわてて止める。

俺たちはどうにか舞浜《まいはま》とオズを二人きりにしてやろうとしていたわけで。

他の四人が自然にフェードアウトする方法を考えるだけでも大変なのに、二班合同で動いたりしたら、ほとんど実現不可能だ。

「あ」

真白もその事実に気づいたらしく、しまった、という顔をした。

目の前の翠を見ると、気が合う仲間と一緒に回れる期待で目をきらきら輝かせている。

やっぱりなし、なんていまさら言ったらどれだけ落胆させてしまうことか、人の心に敏感な真白が想像できないはずもなく。

そして真白は、真っ青《まさお》な顔で、気まずそうに舞浜を振り返る。

「ご、ごめん。舞浜さん……」

「だ、大丈夫。大丈夫だよ！　もともと勝手なお願いだし、そんな申し訳なさそうな顔されたら、こっちのほうが心苦しいから！」

恋にストロングスタイルとはいえ、根は真面目《まじめ》で常識人な文学少女である舞浜はあっさりと引き下がってくれた。

「あ、あれ？　もしかして同行したらまずかった？」

「そ、そんなことないよ。た、高宮《たかみや》さんも、舞浜さんも……アキも、いいよね？」

妙な空気を感じて自信なさげな表情になる翠に、真白はあわてて首を振った。

同意を求められて、うちの班員の面々は――……。

「おけまる！　特進クラスの人たち、あんま絡《から》みなかったけど、せっかくだし仲良くしよーっ」

「よろしくお願いします。あ、舞浜っていいます」

「俺は鈴木《すずき》な！　楽しくやろうぜ！」

「あーっと、急に大所帯になってすまん。なんというか、よろしく頼む」

――当然、快く受け入れた。

翠の班の人たちもみんな好意的で、無事、和《なご》やかな合流と相成った。

ただ、気がかりがないわけでもない。

ひとつは、オズがニコニコした顔を保ったまま、ひと言も発していないこと。

それと、もうひとつ。

「…………」

「真白のばか。真白のばか。真白のばか。せっかくの二人きりチャンスを、ノリと勢いで潰《つぶ》すなんて……うぅ～……」

人知れず頭を抱えて己《おのれ》を呪《のろ》っている真白の様子。

ＨＰゲージが徐々に減るタイプの自傷ダメージを食らっていそうに見えるが、大丈夫だろうか？

＊

とまあ、そんなこんなありながら、俺たちは二班合同で行動を開始した。

まず向かったのは、最初にして最強のスポット——千本鳥居。

赤い鳥居が無限に連なっているかのような錯覚を生じさせる、夢幻の景色。

夕陽《ゆうひ》の茜色も合わさり、目の前に伸びる一本道が、あの世へと続いているようにさえ見えてくる。

この光景を一番楽しみにしていたであろう真白と翠は、案の定、しっかりとはしゃいでいるようで。

「幻想的……インスピレーションが、湧《わ》く……！」

「この綺麗《きれい》な朱色は生命、大地、生産——宇迦之御魂神《うかのみたまのかみ》の力を表現してるんだってね」

「狐《きつね》をモチーフに神様を設定するセンスはなかなか。昔の人、センスある」

「見た目がしなやかで美しいっていうのも、神様として祀《まつ》られた理由のひとつかもね。蛇《へび》とか鶴《つる》とかもそうだけど、女性のスタイルの良さを連想させるからなのかな、そのあたりの動物が女性に変化する伝承はいろいろな場所で見られたりするし。最近はモンスター娘っていう人外の女の子でしか興奮できない男性も増えてきたと言われて久しいけど実は突然生じた性癖ではなく人間の遺伝子に刻まれた本能かもしれなくて――」

「翠部長」

「――しかもそれは男性から女性に向けた性癖だけでなく、狼《おおかみ》男みたいな伝承があること
からも人外の特徴を持つ男性の存在もある程度妄想されてきたわけで――」

「翠部長。ステイ」

「――最近ちょっと狼男のキャラがいいなぁって感じるのも自然なんだろうなぁって……

えっ。なに、月ノ森さん？」

「そっちの知識はべつにいらない。というか、途中から性癖の暴露になってる」

「ええ⁉　いや、だからこれは性癖じゃなくて遺伝子に刻まれた性質でっ」

……あいつら、大丈夫か？

神聖な場所で卑猥《ひわい》な会話をするのはどうかと思うんだが。

あきれて肩をすくめながら、目の前の千本鳥居に意識を戻す。

性癖の話はともかくとして、宗教的な意味合いの強いモチーフは『黒山羊《くろやぎ》』とも相性《あいしょう》が良い。

基本的な舞台は洋館である『黒山羊』だが、そこにこういう和のテイストが加わると、独特なコンセプトアートが作れるかもしれない。

和の雰囲気を打ち出したコンシューマーゲームが世界市場で大ヒットを記録している例もあ

るし、大いにアリな気がする。

資料GET。

そう思い、写真を撮ろうとスマホを取り出すが――。

「あっ」

忘れてた、充電ないじゃんか。

ただでさえ心もとなかったのに移動中に彩羽のLIME遠隔ウザ絡み攻勢もあったせいで、俺のスマホはもう虫の息だ。

充電器も家に忘れてきちまったわけで。撮影中にお陀仏《だぶつ》しかねない。

「なあオズ。ちょっと頼みがあるんだが」

「うん？」

「オズのスマホで写真を撮ってくれないか。コンシューマー版『黒山羊』の資料用に、何枚か撮っておきたいんだが」

「もちろんいいけど、アキも撮ったんじゃないの？」

「充電器を忘れてきたんだよ。今朝《けさ》、いろいろあって慌ただしくてさ」

「ああ、なるほどね。彩羽と月ノ森さんの修羅場《しゅらば》、か」

いろいろ、とぼかしたところでオズにかかれば一瞬で丸裸にされてしまうのだった。

「そういうことだ。……で、だ。選択肢は多いほうがいいんだが」

「いくらなんでもハーレム状態でその発言はクズでは？」

「そんな話はしてねえよ。資料に使う写真のことだ。角度や位置をいろんなパターン欲しい」

「ああ、それね。オッケー、オッケー」

オズは俺に言われるまま、スマホを手に動き回り、さまざまな角度から千本鳥居を撮影していく。

まだコンシューマー版をどんなゲーム性にするかは決めていないが、仮に３Ｄゲームにすることになればマップも３Ｄで作る必要が出てくる。資料は多ければ多いほどよいはずだ。

手慣れた様子で、順調に、つぎつぎと撮影していくオズ。しかし、鳥居をくぐってすこし先へ進んだところでのこと。

オズはシャッターを切る手を止め、立ち止まっていた。

「どうした？」

「あそこ、すごい人だかり。誰《だれ》か有名人でも来てるのかな」

オズが指さした方向。

千本鳥居を抜けた先に待ち受ける奥の院――こと、奥社奉拝所《おくしゃはうはいじょ》。

そこにはやたらと大勢の人が集まっていて、異様な喧騒に包まれていた。

人気観光スポットだから、というだけではなさそうだ。

修学旅行中の学生や海外からの観光者のみならず、メディアの記者だろう、大きなカメラを構えた人間も詰めかけていた。

人だかりの隙間《すきま》から微《かす》かに見えるのは、特殊な撮影機材の数々と、時代錯誤な落ち武者じみた姿の外国人男性数人、京化粧の美しい和服女性、そしてメガホンを取るグラサン＋スカーフのＴＨＥ監督といった見た目の老人。

何かの撮影か？　と思っていたら、人だかりのほうから筋肉に憑《つ》かれし者、鈴木が走ってきた。

「おい大星、小日向《こひなた》、すっげえぞ！」

「あんま大声出すなよ。みっともないだろ」

「小声で話せるような内容じゃねえんだってば！　ビッグな話なんだからよぉ！」

「あーわかった、わかった。聞いてやるから落ち着けっての」

鼻息も荒く興奮気味に迫ってきた鈴木の筋肉を両手で押し返し、俺はどうにかなだめすかそうとする。

すーはーと呼吸を整えて、鈴木はまともな音量で言った。

「聞いて驚けよ大星！　なんといま、まさに……ハリウッド映画の撮影に来てるんだとよ！」

「へー」

「反応うっす!!」

「いや、そう言われてもだな……」

日本の観光地の中でも屈指の人気を誇る場所だ。そういう作品の舞台になることもあり得るだろう。

ハリウッド映画の撮影現場に偶然出くわすのも珍しいっちゃ珍しいが……俺の場合、母親の職業の影響もあって、あまり特別に感じないんだよなぁ。

「ああ、これ何の騒ぎなんだろうって思ったら、ハリウッドの撮影だったんだね」

「そうそう。そうらしいんだよ、影石《かげいし》さん！　世界各国のいろいろな芸能、文化をごちゃ混ぜにぶち込んでハリウッドの技術と火薬でまとめ上げた超大作を撮ってるらしくてよっ。それで京都に撮影に来てるんだとよ！　すっげえだろ⁉　すっげえってのに、大星の奴《やつ》、反応が薄いのなんのって」

いつの間にか追いついていた翠が会話に混ざってくる。

俺の反応に不満たらたらな鈴木は、仲間を得たりと翠に話を振った。

すると翠は、きょとんと瞬きをして。

「え。それはそうだよ。大星君が驚くわけないでしょ」

「は？　おいおいおい、影石さんまで何言い出すんだよ。ハリウッドだぜ⁉」

「うん。だって――――」

不思議そうに小首をかしげる翠。

そして、ごくあたりまえの世間話のような口調でこう言った。

「大星君、ハリウッドのプロデューサーだよ？」

「あああああああああああああああああ」

数十秒前に鈴木に注意した言葉をガン無視する絶叫とともに翠の口をふさぐと、誘拐めいた勢いで俺は、彼女の体を引きずりその場を離れた。

茫然《ぼうぜん》とする班員たちを置き去りに、じたばた暴《あば》れる翠を、お稲荷様の像の陰まで連れていく。

「んーっ！　んーっ⁉」

「大人しくしろ。手間かけさせんな。……いいか？　大声は出すなよ？」

「（こくっ。こくっ）」

「よし、いい子だ」

涙目の首肯を確認すると、俺は翠の口から手を離す。って、翠とは前にもこんなやり取りをしなかったか？　……まあいいか。

「真白の姿はないな」

「月ノ森さんならまだ千本鳥居で暁《あかつき》を感じてる」

「その動詞の意味はわからんが、まあそれならよかった。女子とこんなふうに話してるところを見られたら、また変な流れになりかねんからな」

ただでさえややこしい状況なのだ。なるべくシンプルに、スムーズに事を進めたい。

「な、なんなの大星君。いきなりこんな場所に連れ込んでっ」

「ホントそれな」

「他人事《ひとごと》!?」

「いや本当にすまんと思ってる。ただ、あんたがとんでもないこと言おうとしてたもんでな」

「とんでも……？」

「ハリウッドのプロデューサーがどうのこうの」

「えっ。だって大星君、ハリウッドのプロデューサーなんだよね？　お姉ちゃんが連れてきたとき、そう言ってたし……」

そう。そうなんだよ。

遥《はる》か昔のことすぎて俺もあんまり憶えてなかったんだが、実は翠は俺のことをハリウッドで有名作品をプロデュースしている大物プロデューサーだと勘違いしている。

なぜそんなことになったかというと、だいたいは式部《しきぶ》のせいだ。

自分がイラストレーター紫式部先生《むらさきしきぶせんせい》である事実を妹にも隠している菫は、俺を演劇部に紹介するとき、とっさの嘘《うそ》でごまかした。

俺がなぜ演劇部を改善できる存在なのか？

その問いに、『黒山羊』や《5階同盟》のことを伏せつつ、説得力ある回答をするためについた嘘。

それこそが、大星明照《あきてる》はハリウッドのプロデューサー……という、馬鹿《ばか》しか信じなそうな嘘なのである。

馬鹿じゃないはずの翠がなぜ信じてしまったのか、それは永遠の謎《なぞ》だ。

いままで特に必要がなかったから誤解を解こうとしてこなかったが、まさか本物の撮影現場に居合わせるとは。本物の前で大嘘を吹聴しまくられたら、恥ずかしいなんてレベルじゃない。

いい機会だし、ここでズレた認識を戻しておきたい。

……の、だが。さて、どう説明したものか。

紫式部先生の真実はさすがに伏せておかなきゃならんよな。

彩羽の正体も……まだ、あまり広めたくない。

ギリギリ言えるのは、《5階同盟》と『黒山羊』の存在くらいか。

「実はそのハリウッドが云々《うんぬん》っていうのな。……嘘なんだよ」

「え?」

「本当の出自を言いたくなくて、菫先生に嘘をついてもらってたんだ」

というのも嘘なんだが。まあこの嘘は重ねたところで複雑さを増すものじゃないし、べつにいいだろう。

「実は、俺が作ってるのは映画じゃなくて……ゲームなんだよ」

「ゲー……ム……?」

俺は一個一個、懇切丁寧に説明していく。

スマホゲームを作っていること。

巻貝なまこ先生もそれに携わっていること。

音井《おとい》さんも協力者のひとりだということ。

飲み会にいた謎のだらしない大人――紫式部先生もメンバーのひとりだということ。

仲間と一緒に、ある目標を目指して頑張っていること。

説明を終えた後、俺は深々と頭を下げた。

「事情があって真実を話すわけにいかなかったとはいえ、騙《だま》していたのは事実だ。いままで嘘をついていて、本当に申し訳ない」

「嘘……？　大星君は、ハリウッドのプロデューサーじゃ、ない……」

俺の言葉を茫然と繰り返す翠の姿に、罪悪感の針がちくちくと俺の胸を刺す。

ショック、だよな。

最初は険悪な仲だったとはいえ、半年もの時間をかけて交友関係を深めてきた。

プライベートで遊んだりするわけじゃないが、それでも、友人に近い何かとして見てくれていたはずで。

俺にとっても翠は、どんなに遠くても、友人である紫式部先生の妹――友達の妹なわけで。

嘘をつかれていたと知ったら、裏切られた気分になってもおかしくないわけで。

『騙してたなんて最低！』

と怒鳴られて、縁を切られても文句は言えない。

そう覚悟し、俺は、翠の次の言葉を待った。

そして、すこしして、ようやく彼女は口を開いた。

「ねえ、大星君。他にも嘘、ついてるよね？　それで全部じゃないよね？」

「………………」

ついてる。だから俺は何も言えない。

「前にもお姉ちゃんの婚約者だとか、嘘ついてたし。どうせまだ他にも、いろんなことを秘密にしてるんでしょ」

「………………」

してる。だから俺は何も言えない。

「謝ってるくせに黙秘権」

「……すまん」

「べつにいいです。全部さらけ出さなきゃいけないルールなんてないし。……ルールを守ってる以上、私が取り締まることじゃありません」

「委員長らしい敬語が胸に刺さる……」

「引け目を感じるなら、一個だけ本当のことを教えて」

「内容による」

「月ノ森さんのこと」

いきなり正鵠《せいこく》を射《い》てきた。

お稲荷様の膝元《ひざもと》、茜色の夕陽に照らされて伸びる像の影が、いつになく真剣な翠の顔にかかる。

それでも彼女の目の光は翳《かげ》ることなく、一流の警察官じみた鋭さで。

「もしかして月ノ森さんと付き合ってるのも……嘘、だったり、する……？」

クリティカルに、俺の――俺たちの。

嘘を殺した。

「どうしてそう思うんだ？」

「根拠はないけど。本当に付き合ってるにしては、月ノ森さん、なんだか自信なさそうだし。

それと――」

無根拠に。だが直感で嘘を看破し。

そして。

無遠慮に。土足で真《まこと》に踏み込んだ。

「それと――そこに嘘があるなら、知っておきたいから」

「翠部長……それって……」

「………」

うつむいて、それ以上は何も言わない。

俺は考える。

翠の言葉の意味を考える。

知っておきたい。なぜ？　翠は何にこだわっている？　思い出せ。

そうだ。俺はさっき見たはずだ。

い、い、い、い、い、い、い、い、い、い、い、い、い、い、

翠と真白がいつの間にか仲良くなっている姿を。

……そういうことか。そうだよな。

友達なんだから隠し事はナシでいきたいよな。

真白との偽恋人関係は、もともと真白の新生活を守るためのものだ。

真白が心底から心を通わせた人間関係を構築する上で、妨げになってはいけない。

本当なら翠に教えるかどうかは真白の了解を得てからにしたいが――……。

「真白の了解を得てから、でもいいか？」

「………」

無言で腕をつかまれる。まっすぐに見つめられる。

まあ、そうだよな。

答えを先延ばしにされて、モヤモヤを残したまま有耶無耶《うやむや》にされるなんて嫌だよな。

どうやら逃げられそうにない。

仕方ない。いままでゴリ押しで納得してくれた翠に甘えて、説明を怠ってきたんだ。ツケを払う時がきたってことだろう。

「わかった。真白との関係についても、本当のことを教えておく」

「……！　それじゃあ、やっぱり……！」

「ああ。俺たちは恋人同士じゃない。偽の恋人関係だったんだ」

「そ、そう、なんだ。でも、なんでわざわざそんなことを？」

「それにはいろいろと事情があるんだが……真白のプライベートな事情も絡むから、さすがに教えるわけにはいかない。——ここまでで納得してくれると助かるんだが」

転校前の真白の事情。いじめられていた事実。

それは、さすがに俺の一存で広めてしまうわけにはいかないセンシティブな情報だ。

いくら翠の誤解を解くためとはいえ、真白の許可なく教えるのは憚《はばか》られる。

「ひとつ、これだけは信じてほしい」

信じろ、なんて。さんざん嘘をついてた俺が言ったところで信憑性《しんぴょうせい》の欠片《かけら》もない。

だがそんな詐欺師の目を、翠は逸《そ》らさず見つめたまま次の言葉を待ってくれていた。

「友達……と呼べる距離感かは、正直わからないけど。少なくとも俺は、翠部長を大事な仲間のひとりだと思ってる。秘密にしてきたのは公にバレるわけにいかなかったからってだけで、べつに翠部長を除《の》け者《もの》にしようとしたとか、そういうことじゃない」

「うん。それはなんとなくわかる。……でも、教えられないのは、なんで？」

「詳細は省くけど、さっき話した《5階同盟》の未来にもかかわる話でな。あまり大っぴらにしていい話じゃない。下手したら、俺たちがやってきたことが全部台無しになっちまうかもしれないんだ。だから、いままで黙ってきた」

「それじゃあ。どうしていま、私には教えてくれたの？」

「信用できると判断したから。翠部長なら大丈夫だって、そう思えたからだ」

「…………。そっか。月ノ森さんとは、恋人同士じゃ……ないんだね……」

影のせいもあり、うつむいた翠の表情はまったく見えない。

口から漏《も》れる程度の小さな声では、そこに含まれた感情すら伝わらない。

くるり、と。翠は無言で踵《きびす》を返した。

「翠部長……？」

「大丈夫。誰にも言わない」

背中を向けたまま、振り返りもせずに。

「大星君の信用を裏切るようなことは絶対にしないから。それだけは、安心して」

それだけを言い残して、翠は早足に班員のほうへと戻っていった。

あきらかに様子がおかしかったが……もしかして、判断を誤っただろうか。

何か大きな問題に発展しないといいのだが……と、一抹の不安を拭《ぬぐ》えない俺だった。

＊

『アキ……君はどうしてすぐフラグを立ててしまうんだい？』
『違うんだ。俺はただそのとき、そのときで誠意を……』
『結果がすべて。そうだよね？』
『本当にすみませんでした』

# interlude

Tomodachi no imouto ga ore nidake uzai

# 幕間●●●●● 茶々良と彩羽2

「あ～ま～●ぃぃぃ～、ごぉぉ～ぇぇ～！」

放課後のカラオケボックスに切なくも懐かしいメロディと、やけくそじみた彩羽《いろは》の、がなりとビブラートが心地よく合わさった歌声が響き渡る。

「ＹＥＡＨ！　ＹＥＡＨ！　ＦＯＯＯＯＯＯ‼」

ちなみに直後の声は盛り上げ隊長のこのアタシ——友坂茶々良《ともさかささら》による仕事である。えっへん。

演歌に詳しいのかって？　いや、まったくもって詳しくないんだなぁ、これが。

知らない曲でも友達とのカラオケなら気分とテンションで乗れるし、余裕、余裕。

まあいま彩羽が歌ってた曲自体は、小さい頃、おばあちゃんが歌ってたような気もするから聞き覚えがないこともないけど。

歌い終わり、ピタリと残心。曲が止まるのを確認すると、彩羽は——……。

「はぁ～……」

空気が抜けた風船みたいにしおしおと萎《しお》れ、ソファに崩れ落ちた。

元気を出したまえよ、の意味を込めて、うなだれる彩羽の前で、手に持っていたタンバリンをシャンシャン鳴らす。

「んだよー。まーだめそめそしてんのー？」

「うーるーさーいー」

タンバリンを押しのけて、ズズズ、と勢いよくドリンクバーのトマトジュースをすする彩羽。

最近一緒に遊ぶことが増えて気づいたけど、この子、いっつもトマトジュース飲んでるような。どんだけ好きなんだ。

「つーかなんで演歌？　ツッコミ入れんの野暮《やぼ》かもしんないけど、古くね？」

「大声出してスッキリしたいけど、リア充《じゅう》が明るく楽しんでそうな曲はヤだっただけ」

「うは、重症かよぉ」

それもそっか。教室での秀才ムーブも維持できてなかったレベルだしね。

こんだけウザい本性を隠しながら、アタシ以外のクラスメイトに誰《だれ》一人正体がバレなかった彩羽が、あそこまでメッキボロボロなわけで。そりゃ重症に決まってるんだよな。

しっかしこう、アレだね。

恋愛についてうだうだ悩んでる友達をこうして必死でフォローしてあげるのって――……。

**クッソめんどくせぇ……。**

いや、まあね。この前の炎上騒動で助けてもらったたし、なるべく力になってやりたい気持ちはあるにはあるんだけどさ。

それはそれとして、クッソめんどくせえんだわ。

どんな慰めの言葉をかけても回復しねえし、八つ当たりのウザ絡《がら》みも飛んでくるし。まあ、ストレス耐性最強の大人なアタシは、彩羽の悩みのひとつやふたつ、余裕で受け止められるんだけどね？

二年生が修学旅行から帰ってくるまで、ずっとこの調子はさすがにしんどいんだよなぁ。

と、そのとき。テーブルの上に置かれていた彩羽のスマホがブルブル鳴り出す。

どうしてポケットの中とかじゃなくて、わざわざそんな場所に置いていたのかというと……もちろん凸待《とつま》ちのためだ。……あれ？　凸待ちって配信者以外は使わない言葉だっけ？　まあいいや、雰囲気で理解できればオッケーオッケー。

んで当然、待ってたお相手といえば。

「お。大星《おおぼし》先輩じゃね？」

「…………！」

ガタッ！　と、腰を浮かせ、千早振《ちはやぶ》る勢いでカルタを掻《か》っ攫《さら》う漫画の主人公が如《ごと》くスマホを手にする彩羽。

「まったく、しょうがないなぁセンパイは！　ちょ～っと彩羽ちゃんと離れ離れだからって、寂《さび》しくてすぐ連絡しちゃうんだから～。堪《こら》え性《しょう》なさすぎィ！」

「二重人格か！」

「ホントしょうがないセンパイですよねー☆　ねー、茶々良。ねーっ？」

「巻き込むなーっ！　壊れるならひとりで壊れててくんない⁉」

「むっふ、ふふふーん。さてさてセンパイはどんなＳＯＳを送ってきたのかなー」

さっきまでの雨天曇天テンションはどこへやら。アタシの手から奪ったタンバリンをシャラシャラ鳴らしてスマホを覗《のぞ》き込む。

「……………………………………………………………………は？」

「どした？　固まってんぞー？」

「んんぅ〜？」

あごの下に手をやって、顔文字でよく見るやつみたいな表情になっている彩羽。

「なに変な顔してんの？」

「いや、京都にいる人から連絡が来たんだけど……」

「大星先輩っしょ？」

「と思ってたら、全然別の人からだった……」

そう言って、彩羽がスマホ画面をこっちに向けてくる。

ＬＩＭＥのメッセージ欄。

相手の名前は――海月《みづき》さん、となっている。

《海月さん》京都で撮影なう

その短いひと言の直後、とんでもない美人の自撮り写真が添付されていた。

自分が最も綺麗《きれい》に撮れる角度を熟知した女ならではの、計算され尽くした一枚だ。

銀色の髪。そして、目が隠れるほどの長い前髪。どことなく、彩羽の恋敵《こいがたき》——真白《ましろ》先輩に似てる気がする。

「これを見て、茶々良はどう思う?」

「『なう』って微妙に古くね」

「や、そういうことじゃなくてね?」

どう思う?　って訊《き》かれたから感想を口にしたのに訂正された。

なら訊くなし。

「てかそのお姉さん誰?　何か真白先輩に似てっけど」

「月ノ森《つきのもり》海月さん。真白先輩のママ」

「へえ～」

そんな人とLIME交換してるのか。友達の母親と直通とかアタシなら考えられないな～。

「で、ブロードウェイの女優さん」

「へえ～……ふぇっ⁉」

声が裏返った。

「えーっと、アタシの聞き間違いかな。何か超有名なミュージカル的な単語が聞こえたような気がするんだけど、まさかそのブロードウェイじゃないよね」

「そのブロードウェイだよ」

「うそっしょ⁉」

そんな人とLIME交換してんの⁉　友達の母親と直通ってだけでも意味不明なのに、その上滅茶苦茶《めちゃくちゃ》すっげえプロフィール飛び出してるのビビるんだけど！

「いろいろあって弟子入りしないかって誘われてるんだよね」

「すっご、どんな人脈？」

「まあ、いろいろあってね？」

いろいろ、を強調してゴリ押そうとしてくる。

いろいろ、に含まれた内容を話すつもりはないらしい。

「けどすっごいじゃん、ブロードウェイ女優に弟子入り。もちろん受けるっしょ？」

彩羽の将来の夢は役者だって聞いたことある。

何やってるのかまでは教えてくれなかったけど、現在も役者を目指していろいろと活動しているとか。

普通に考えたら、一流の女優に誘われたら二つ返事で弟子入りしていいと思うんだけど。

彩羽はなぜか複雑そうで。

「うーん……悩み中」

「なんで？」

「まあ、いろいろあって」

「いろいろ多すぎね？」

どんだけ複雑な事情抱えてんだよ。

「まー、なんでもいいけど。……にしても、彩羽ってば顔広すぎ。人間関係すごすぎない？」

「茶々良だって人のこと言えないでしょ。有名ピンスタグラマーなんだし」

「や、でも、意外と孤独なモンよ？　べつにコラボ以外で他のインフルエンサーと絡むことないし。事務所付きの芸能人とかめっちゃ監視厳しいからプライベートでご飯とか行けないし」

「茶々良が誘われてないだけ説」

「はー？　いやいやそんなことあるわけないっしょ。……ない、よね……？」

不安になってきた。

もしかしてアタシの知らないところでアタシ以外の人たちはみんな楽しくやってたりすんの？

……まさかね。このアタシを誘わないなんてそんな馬鹿《ばか》な。あっはっは。

「てかアタシのことはいいからさっさと返信しなよ。気なんて遣わなくていいし」

「えっ、なに？」

「もう返信してる――――ッ！　くっそ、最初から気遣う気ゼロかよぉ！」

何か気づいたら会話中ずっとスマホしか見てないし！

アタシを適当にあしらいながらぽちぽちとスマホをいじる彩羽。

……放置されるのが癪《しゃく》だったので、声をかける。

「で、なんだって？　その海月さん」

「んー。何かハリウッド映画の撮影に来てるんだって」

「ハリウッド？　なんで映画？　ブロードウェイ女優って、映画じゃなくてミュージカルしかやらないんじゃないの？」

「何か世界各国のいろいろな芸能、文化をごちゃ混ぜにぶち込んでハリウッドの技術と火薬でまとめ上げた超大作を撮ってるらしいよ」

「なにそのカオスな映画」

「ミュージカルのシーンが多い作品でもあるんだって。それで、ブロードウェイで活躍してる女優も大勢出演するんだってさ」

「へー。てか彩羽、その女優さん、秘密情報漏《も》らしすぎじゃね」

未公開作品の内容、めっちゃしゃべるじゃん……。

「つーか訊かれてもないのに活動内容アピるのヤバくない？　承認欲求モンスターじゃん」

「それ茶々良が言うとブーメランだから」

「なにおう！」

失礼な！　いつアタシが承認欲求に取り憑《つ》かれたっていうわけ⁉

「それに、意味もなく報告してきたわけじゃないっぽい」

「……あにさ」

アタシの激おこ反応もスルーしてスマホを差し出してくる彩羽に、むすっとした声で適当に対応する。

不機嫌ゲロやばMAXなんだからな。いくらアタシでも、雑に扱ったらキレるんだからな。っつーことをわからせてやるつもりのムーブだ。むんっ。

「『いまから仕事の現場を見に来ませんか』って」

「──マジか！」

氷点下に落ちてたテンションが一気に爆アゲした。

これはもしかして、千載一遇《せんざいいちぐう》のチャンスなのでは……！

「ラブコールじゃんそれ！　行こう！　行くべき！　行くべからず！」

「き、急に前のめりだね。てか最後のやつ間違ってる」

「そら前のめりにもなるっての。彩羽。その誘いには絶対乗るべき。そうじゃないと後悔するって！　あと、こまけーことは気にすんな！」

「そ、そう？」

マジトーンの力説に、彩羽が珍しく押され気味。てかアタシが珍しくゴリ押し気味。

なんでこんなにマジなのかって？　あたりまえっしょ。

うじうじ悩んでてクソめんどくさい彩羽を京都に送り出せたらアタシがラクになれるから。

そう！　これは千載一遇のチャンス！

何がなんでも彩羽を京都へ追放する！　その名も、『そうだ、京都、行かせよう』作戦‼

「アタシの尊敬する編集さんも言ってた！　チャンスが来たら悩むな！　電光石火！　秒で動く奴《やつ》だけが成功を手にする！　……って！」

「でもいまから京都に行ったら、間違いなく泊まりになるし」

「ホテルの部屋は手配してくれるし、代金も海月さんが持つって！　ほら、追加の返信がきてる！」

絶妙なタイミングで文字の支援物資。

当然、利用する！

「でも、学校をサボってまで行くのはなぁ」

「**お馬鹿‼**」

ぱっしーん！　と彩羽の頬《ほお》をビンタ……したりはせず、代わりにタンバリンをぶったたく。

「まだ若いのにワガママを通さないでどうすんの⁉　アンタは何のために学校通ってるわけ⁉　自分以外の誰かのため⁉」

「いきなりそんなこと言われても……強いて言うなら自分のため、なのかな」

「そんじゃあ自分のためになるイベントと、学校の授業――どっちが大事⁉」

「え。普通に授業――」

「将来の夢を叶《かな》える第一歩、生涯で一度の絶好の機会、年収一億超えのセレブ生活への特急券と、どうせあとで教科書読めばどうにかなるレベルのクソしょうもない学校の授業――どっちが大事⁉」

「選択肢の出し方に悪意があるような――」

「大星先輩のいる京都と、いない学校――どっちに行きたい⁉」

「それは……」

「ど　っ　ち　に　い　き　た　い　？」

「うぐ……」

強情な彩羽に顔を近づけ、圧を強める。

てか大星先輩を引き合いに出したら簡単に揺らぐんだもんなぁ、こいつ。どんだけ大星先輩のこと好きなんだか。

とはいえ、あともうひと押しで堕《お》ちそう。

いまこそ『アレ』を解禁する時か……。

星野《ほしの》さんに授《さず》けられし大人の交渉術、二の型。――圧を強めた後で急に優しくなるＤＶ彼氏の術！

「大丈夫。大丈夫だから。彩羽は何も悪くない。悪いのは政治と社会のほうだから」

優しい声音《こわね》で、包み込むように。

「ほら。素直な気持ちを吐き出してごらん。……ね？」

はよ京都へ行けや、という悪魔の本音を。

さあ京都へお行き、という天使の翻訳で。

囁《ささや》きながらゆっくりと、もごもごしている彩羽の口の前にマイクを持っていく。

すると――……。


「ごめん……やっぱり、京都に行きたいです……っ」


魂の一番搾り。

あまりにも硬い果実のような頑固な口から絞り出されたありったけの本音が、スピーカーに乗って室内に響き渡った。

「ちゃんと言えたじゃねえか……」

アタシは彩羽の肩をぽんと叩《たた》いて、サムズアップ。親友の勇気ある決断を大いに讃《たた》えた。

これはきっと彩羽の人生を大きく好転させる出来事になるに違いない。

いや〜アタシ、ま〜た善行積んじゃったわ〜。まいったな〜、善いことしすぎて、アタシを迎え入れる天国のＶＩＰルームの間取りが６ＳＬＤＫクラスになっちゃうわ〜。あっはっは。

いま彩羽が京都に行ったら何か大変なことになる気もするけど、まっ、いいっしょ。

グッバイ、うじうじ彩羽。

004

Tomodachi no imouto ga ore nidake

# 第４話　ニセの恋人が友達にだけ寿司

伏見稲荷大社《ふしみいなりたいしゃ》の見学を終えてホテルに戻ってきた頃には、もう外はだいぶ暗くなっていた。

宮殿じみた外観のホテルは内装も古《いにしえ》の時代を感じさせる趣《おもむき》で、すこしばかり妖《あや》しい雰囲気が漂っている。

しかしその古めかしい廊下を歩くのは和装の貴族ではなく、いまどきのありきたりな洋服に身を包んだ高校生たちで。風情《ふぜい》なんてどこ吹く風の我が物顔で、縦横無尽に雑談しながら歩いている。

俺《おれ》も、その大勢の内のひとりだった。

行き先は食堂。これから夕飯の時間である。

隣を歩いていた班員の筋肉、もとい、鈴木《すずき》が興奮にぎらついた目で猛《たけ》る。

「私服姿の同級生と夜一緒に行動することなんて少ねぇもんな。俺、ワクワクするぜぇ！」

「ああ、うん、そうだな」

「ドライすぎねぇか、大星《おおぼし》よぉ」

「そう言われてもなぁ……」

私服姿の仲間と夜一緒に行動するなんて《5階同盟》には日常茶飯事。最低でも週に一回は飲み会を開いていたわけで。

「すげえな。夜遊びなんて慣れてるぜっていう大人の余裕を感じるぜ。さすがカノジョ持ち歴の長いベテランは違《ちげ》えや……」

「や、それとこれとは全然関係……なくもないが、べつの話だ」

「はー。なんていうんだっけそういうの。リア充《じゅう》？　パリピ？　よくわかんねーけど、大星はいろいろ充実してんだなー」

「俺がリア充⁉　いやいやいや何言ってんだよ。鈴木に言われたくねえよ」

「まあ、確かに。ジム通いで充実してっからな！」

鈴木は素直に認め、爽《さわ》やかに白い歯を見せて笑う。

その姿に、俺はハッとさせられた。

鈴木といえば教室の中でも特に陽気で、典型的なリア充の筆頭みたいな奴《やつ》だった。そんな彼をして自分はリア充じゃないっていう自己認識だったらしい。

そして冷静に振り返ってみたら、毎週のように仲間同士で集まって騒いでいた俺たちのほうが、よっぽどリア充なる存在の生態に近い行動をしていたんじゃなかろうか。

自分のことって、意外と客観的に見えてないのかもしれないな……。

そんなこんなで大食堂にたどり着く。企業の新人研修でも使うホテルのようで、二年生全員の席を余さず用意できるほどの広さだった。

クラスごとにざっくりと区画が区切られ、班ごとに座席が用意されていた。俺、オズ、鈴木で並んで座り、正面の席に真白《ましろ》、舞浜《まいはま》、高宮《たかみや》が座る。

配膳されていく京料理の数々に、周囲からどよめきが生じた。

「すげえ……。こんなのドラマで政治家が賄賂《わいろ》を受け取るシーンでしか見たことねえよ……」

「上流階級の胃袋に納められるためだけに開発されたみたいな懐石《かいせき》料理！」

「低カロリーっぽいおばんざいがそれを如実に物語ってるわね」

頭が良いのか悪いのか判断しかねる台詞《せりふ》で感動を表現している生徒達。

そんな声の数々が聞こえていたのか、大食堂の前方、お立ち台の上に立ったこの修学旅行の責任者――《猛毒の女王》影石菫《かげいしすみれ》が堂々たる笑み（俺の日にはドヤ顔にしか見えない）で豪語する。

「当然、料理の質にもこだわり抜いているわ。京都の名だたる旅館の数々を徹底的に比較検討《けんとう》し、最上級の一品を味わえる場所を選んだのよ。感謝して味わいなさい？」

「「「影石先生……！　あざ――っす!!」」」

軍隊の上官へ向けるような、威勢のいい敬礼。

教師と生徒の信頼関係が垣間《かいま》見える、とても美しい光景だが――……。

「あいつドヤ顔してるけど……オズのプログラミングに頼りきりだったような……」

「複数の口コミサイトの情報を集めてきて、評価の信頼性にも気をつけつつ、本当にハズレのない最適解を導き出したんだよね。まあそんなに難しいプログラムじゃないから、すぐに対応できたけど」

「何が『徹底的に比較検討』なんだか……」

「まあまあ。僕は会長のお願いで、修学旅行実行委員の手伝いもしてたわけでね。手駒《てごま》を上手に使って、高いパフォーマンスを発揮させるのもリーダーの手腕の内さ」

「そりゃそうなんだが、あいつが得意げだと何か釈然としないんだよなぁ」

「あはは」

「……まっ。生徒たちに美味《おい》しいもの食べさせるためにオズの力を借りたこと、それ自体は全然いいっていうか。滅茶苦茶《めちゃくちゃ》いいことなんだけどな」

こうして考えると菫の奴、イラストレーターとしての才能が半端《はんぱ》ないだけで、教師にも十二分に向いてるよな。

「なにこの魚！　見たことないんだけど！」

「これは鱧《はも》。京料理で出る魚として有名」

「へ～、そうなんだ！」

「京都の中心部は海から離れているから、本来魚料理が名物になるはずないんだけど……。生命力の強い魚で、遠い玄界灘《げんかいなだ》で獲れたものを京都まで運んできても鮮度が保たれる。それで、大昔から、京都といえば鱧、というくらいに有名になった」

「おおおお！　真白ちん、お魚博士じゃん！」

「海鮮イズ正　義《ジャスティス》。海の幸は真白のフィールド。きりっ」

乗せ上手な高宮のヨイショ術のおかげか、雑学を語る真白の口はずいぶんと滑らかだ。

胸を張ってドヤ顔で語れるぐらいには、我が班の女子たちは仲良くなっているらしい。

聞く人によっては雑学披露なんて疎《うと》ましがってもおかしくないのだが、幸いにも高宮は素直に目を輝かせて感動している。

「すっげー！　真白ちん半端ねえ！　ねえ京子《きょうこ》ちんもそう思うよね⁉」

「う、うん。本当にすごいよ、月ノ森《つきのもり》さん」

「そんなこと……ある、かな。えへへ」

「まるで海洋生物をモチーフとした怪物が出てくる小説を書いてるプロ作家さん並みの知識量だよ。他にも豆知識があるなら教えてほしいな」

「**真白、海鮮とか一ミリも興味ないから**」

「**月ノ森さん、二重人格なの？**」

なぜか急に手のひらを返して口を閉じる真白に、舞浜が困惑していた。

……ドヤ顔で語ってるうちに恥ずかしくなってきたんだろうか？

まあ、あるよな。そういうこと。

＊

大所帯での夕飯を堪能した後、俺たちは客室に戻った。

8階建てのホテルの6階と7階を我が香西《こうざい》高校で独占している。6階が男子で、7階が女子。

不純な何かが起こらないようしっかりと分けられている……と、そんな説明がされることが多いが、べつに同じ階だからって不純異性交遊が勃発するとは思えないんだよな。だいたい、他の生徒の目があるにもかかわらず性欲の獣と化して間違いを犯すような奴は、階を一個ずらしたところで止められない気がするんだが。

「ふんっ！　ふんっ！　ふんっ！」

俺たちが泊まることになった部屋は和洋折衷《わようせっちゅう》、和モダンとでも呼ぶべき内装だった。

文明の機器も当然搭載。テレビモニター、電気ポットはもちろんのこと電源も複数ヵ所。

電源につながれた三つの充電器と、そこから伸びるコードの先にあるスマホ。

そのうちのひとつは俺のスマホだ。

オズが全機種分の充電器を持ってきてくれていたおかげで充電ができていた。

「はっ！　はっ！　はっ！」

大きなシングルベッドが三つ。壁には巨匠の複製画《レプリカ》が飾られている。

一方で足元は畳になっていて、い草の香りが仄《ほの》かに漂う。

「せいや！　せいや！　そいや！　せぁっ！」

襖《ふすま》の向こう側、広縁《ひろえん》には団らん用の椅子とテーブル、マッサージチェア。夜景を望める大窓もあり、優雅な旅人気分を味わえる欲張りセットのような光景で——……。

「ふんっ！　ふんっ！　ふんっ！　ほぁーっ！」

「だあああああうるせえ!!　お前はもっと静かに筋トレできないのか!?」

さっきから畳の上で激しい上下運動《スクワット》を繰り返しているタンクトップ野郎に、俺はたまらず声を荒らげた。

部屋に漂う和の空気を胸いっぱいに吸い込もうとしていたってのに、これじゃ汗の香りしか吸い込めん。

風情ぶち壊しである。

中腰の状態でピタリと停止し、鈴木は不思議そうな顔で首をかしげた。

「なに言ってんだ大星。トレーニングと腹式呼吸はセットだろ」

「いやまあ確かに筋トレ時の腹式呼吸は常識だけどさぁ……そもそもどうしていま筋トレなんだよ」

「食後の運動は常識だぜ？　もうすぐ入浴の時間だし、汗かくならむしろいまだろ」

確かに彼の言う通り、一時間後には入浴だ。

大浴場に一度に入れる人数には当然限度があるため、クラスごとに入浴時間が設定されている。いまはちょうど待ちの時間だった。

「ねえアキ。ちょっといいかな」

「おう、どうした？」

「修学旅行用のサンプルを集めてたんだけどさ。これって、参考にしてもいいと思う？」

ベッドに腰かけてスマホを覗《のぞ》き込んでいるオズに手招きされた。

どれどれと近づき、画面を見てみる。

週刊漫画雑誌で連載されている、最近話題のラブコメ漫画だった。

「『幽霊荘の48分割された花嫁は告りたい』か。たしかに修学旅行の章は評判よかったな」

「うん。特に主人公の会話、選択に定評がある。つまり……」

「ああ。一般的に好意を抱かれやすいコミュニケーションを取っている、と考えて問題ないだろう」

「だよね。……うん、間違ってないはず。だと思うんだけど……」

腑《ふ》に落ちない様子だ。

「何か気になることでも？」

「そもそも修学旅行中に特定の女子とふたりきりになるシチュエーションが多くてね。恋愛と密接に関係するシーンしかないんだ。恋愛関係に至る気のない複数の女性と会話する場合や、他人の目がある場合、同じ班の男子との会話のバリエーションとして応用可能かどうか、判断しかねててさ」

「あー。それは、確かに迷いどころだな」

「……なあ大星、小日向《こひなた》。お前ら何の話をしてんだ？」

ごく普通の当然の日常会話を交わす俺とオズ。

しかし鈴木だけはついて来れていないようで、スクワットを中断した直後の中腰状態のまま怪訝《けげん》な顔をしていた。

「えーっとだな。どう説明したもんか難しいんだが」

「コミュニケーション能力の育成だよ」

言葉を濁して体《てい》のいい言い方を考える俺をよそに、オズはあっさりと答えた。

まあオズ自身のことだし、本人がバラしてOKと判断したなら俺も隠す理由はないわけだが。

「漫画の話しかしてなくね？　どの辺がコミュ力関係あるんだ？」

「漫画には意図が明快な会話のデータが多くてな。インプットにちょうどいいんだ」

「インプットって……いや、現実の会話と漫画の会話って違くね？」

「さっきまで修学旅行先で筋トレ始めるヤバい奴だったのに突然常識人枠に収まるのやめろ。まるで俺たちがおかしいみたいだろ」

……いや、うん。俺もこれが普通のコミュ力育成法だとは微塵《みじん》も思っちゃいない。

本当にコミュ力を上げたいなら現実の人間との会話を積むほうが百倍効率的だ。

だが私生活はゲームと違ってデバッグ作業なんてできない。ベータ版の発表をしてユーザーの意見を吸い上げ、完成への参考にする……みたいなクッションなど存在せず、何かしら実践したらその結果が即座に人間関係を決定づけてしまう。

一発勝負、失敗できない不可逆のパッケージ販売。それがリアルの人間関係なのだ。

運営型のゲームみたいに、ちょっとずつ修正するなんて許されないのである。

普通の人間ならそこまで致命的な問題を起こさず、実体験を積んでいけるんだろうが、そこが小日向乙馬《おずま》という人間の難しいところだった。

——もっとも、人の身で機械的な学習をやれてるのはオズのずば抜けた頭脳のおかげでもあるので、そこはトレードオフなのだが。

「物語は情報が取捨選択されてるからラーニングには最適なんだよね。現実の会話って、役に立たないノイズがあまりに多くて」

「お、おう。小日向がそう思うなら、それでいいんじゃねーかとは思うけどよ」

「現に鈴木君自身が証明してるでしょ。さっきの『ふんっ！　ふんっ！　ふんっ！』みたいな掛け声、情報量ゼロの無価値なセリフだよね。フィクションでそんな無意味なカットを入れたらユーザーから怒られるよ」

「なあ、小日向。コミュ力云々《うんぬん》の前にまずその心をえぐる容赦ないセリフ回しを改めようぜ」

「実際、そこが課題なんだよなぁ」

傷ついた鈴木の姿を見て、俺ははぁとため息をつきながら頭を掻《か》いた。

「どこまでのラインなら傷つくのか、その見極《みきわ》めが一番難しくてな。だから現実の会話を参考にしにくいって側面もあるんだよ」

現実の会話ってやつは意外と複雑で、たとえ同じセリフでも、当人同士の関係性やＴＰＯによって冗談、親愛の表現、本気の罵倒とさまざまにニュアンスを変えてしまう。

同じ『お前のこと好きだわー』でも、綺麗《きれい》な夜景を眺めて真剣な表情で言えば愛の告白だが、親友同士でバカスカ肩を殴りながら言えば友情の再確認だし、詐欺師が札束《さつたば》を片手で弄《もてあそ》びながら言えば的《まと》にしたカモへの嘲笑《ちょうしょう》である。

そういった機微を自然に理解できる人間なら、何も問題はないんだろうけどな……。

「なんつーかお前ら……」

何かを言いかける鈴木に、俺は一瞬、身構える。

……やば。距離感を間違えた、か？

同じ班のメンバーとして仲良くなったいまなら、すこしぐらい手札を見せても許されるのではと思ったんだが……甘えだっただろうか。

脳裏《のうり》をよぎるのは中学時代の記憶。

俺やオズに向けられる『普通じゃない奴ら』を見る目。

教室という狭い空間の中で、異質、というカテゴリに分類されてしまった経験。

高校でそれを再現するわけにはいかない！

「いや、違うんだ！　いまのはただのおふざけっていうか、ネタっていうか――」

身を乗り出して、あわてて訂正しようと試みる。

まだ間に合うかどうかはわからないが、オズへの偏見の目が生まれる前に猜疑《さいぎ》の芽を摘み取らなければ！

「すっげえ変な奴だな！」

…………は？

腹式呼吸のおかげでよく通る鈴木の声が、訂正しようとした俺のセリフを遮《さえぎ》った。

字面《じづら》だけを見たら、軽蔑《けいべつ》とも取れるその言葉。

だがそれは鈴木の屈託《くったく》のない笑顔と、一切《いっさい》の淀《よど》みがない口調から、悪意の含有量０％なのがあきらかで。

「や、マジ面白《おもしろ》ぇわ！　コミュ力アップ育成、俺も手伝えることがあったら手伝うぜ！」

「は。ははは」

思わず乾いた笑みが口からこぼれた。

ああ、プライベートに目を向ける気になってから修学旅行を迎えて、本当によかった。

鈴木のことをただの痛いリア充だと決めつけていた自分を反省しなくちゃいけない。自分は客観的に、俯瞰的《ふかんてき》に物事を見ることができていると錯覚していただけで、その実、俺のフィルターを通した、俺だけの偏見の世界に生きていたんだろう。

もしかしたら俺が思っている以上に、この教室は、……いや、あるいはこの社会は、オズにとっても生きやすい環境なのかもしれない。

もちろん、サンプル数１で断言するのは危険だが。すこしだけ、信用してみてもいいような。そんな気がした。

「……ま、適当に頼らせてもらうよ」

「おうよ！」

＊

『待ってアキ。話の途中にさりげなく入浴時間、って単語があったよね』

『あったな』

『それなのに入浴シーンを描かないまま話が終わるのは、僕らの物語を見守ってる天の神々が許さないと思うんだ』

『つまり……？』

『次でしっかり入浴シーンをお見せしようって話だよ。需要にはしっかり答えないと、ね？』

# 幕間・・・・・真白と翠

なんてことだ。

修学旅行、という四文字を見た瞬間に、この最悪の事態を想定しておくべきだった。

大浴場の脱衣所。

着替え一式を小脇《こわき》に抱えてのれんをくぐった瞬間、目に飛び込んできた光景に、真白《ましろ》は激しく後悔した。

三クラス分の女子生徒、総勢50人強の集団がザワザワと、やかましく雑談しながら服を脱いでいる。考えてみたら中学時代はほぼ引きこもり状態だったし、修学旅行もサボった。こんなに大勢の他人と裸の付き合いをした経験なんてまったくない。

プールの授業はどうやり過ごしたのかって？　サボったけど、何か？

泳ぎの速さなんて、生まれ持った体格、ＤＮＡで結果が出るだけの理不尽な競技。どうしてそんな不平等な競争に付き合ってあげなきゃいけないの。……泳げないからやっかんでるんだろとか指摘するのはＮＧ。

「真白ちん、なに入口で固まってんの？」

立ち止まったまま動けずにいる真白の背中を、高宮《たかみや》さんが無遠慮に押してきた。秘伝の技で押される岩みたいに、ズズズ……と脱衣所の奥に押し込まれていく。むむ、怪力を習得しているとは恐るべし、高宮さん。

「なんでみんな平気で人前で服が脱げるの？　信じられない」

「人前と言ってもお風呂《ふろ》だし。フッー気にしないっしょ」

「教室で脱いだら変態なのにお風呂なら脱げるという感性が意味不明。……裸は裸」

「えーっ、そうかなー？　ＴＰＯっていうの？　お風呂ならセーフじゃね？」

「むむ……ま、舞浜《まいはま》さんはどう、かな。真面目《まじめ》で、文学好きっぽいし。真白と同じで、まともな感性をしてる、よね」

野生の申し子である高宮さんに恥じらいの心を問うたのが間違いだった。

どちらかと言えば内気クラスタに属するであろう舞浜さんに希望を見出《みいだ》して、真白がくるりと振り返ると――……。

「え？　何か言った？」

**もう脱いでた。**

「あ……躊躇《ちゅうちょ》ない感じなんだ……ふーん、そういう感じね。理解した」

「えっ。えっ。私、何か変なことしてる⁉」

「ううん。何もおかしくないよ。舞浜さんはありのままの舞浜さんでいいと思うよ」

地味で真面目な顔して本性はドスケべっていう薄い本でよくあるやつね。はいはい理解理解。

仲間だと思ってた真白が愚かだった。……けっ。

「真白、あっちで着替える」

「えーっ、真白ちん、何か冷たくなーい!?」

「冷たくて結構。真白は真白のプライドを……通す……！」

すがりついてくる高宮さんを振り払い、真白はそそくさと脱衣所の隅っこに移動していく。

誰《だれ》の視線も感じない、薄暗くてじめじめした部屋の隅はやはり安心感が違う。

この場所こそ我が故郷。帰るべき場所。

そもそも教室でもいつも会ってるような人たちと裸でコミュニケーションを取るなんて、拷問に等しい。断固として避けたい展開だ。

高宮さんや舞浜さんは絡《から》みたがってくれてるけど、お風呂の時間ぐらいはひとり自由に過ごさせてくれてもいいと思う。うん。

そこでこっそり服を脱ぎ、素肌が見えないように入念にバスタオルをまく。……よし、これでオッケー。

脱衣所にはもう同部屋のふたりの姿はなかった。

よかった。真白を待たずに先に入っててくれてるなら、むしろ好都合。

真白もひとりでこっそり入って、サクっと体を洗って、速攻で湯船に浸かって、一瞬で撤退しよう。うん、そうしよう。

思い立ったら有言実行。誰も見てない、誰も見てない、誰も見てない、と念仏を唱えながら体を洗い、そのまま忍者の如《ごと》きさりげなさで人があまりいない隅のほうの湯舟へ向かう。

「んー?」

が、残念ながらそこも無人ではなく、しっかりと先客がいた。

それも、見知った顔。

「あっ。……ど、ども。お、音井《おとい》さん」

「おー、月ノ森《つきのもり》かー。おいっすー」

気だるげにそう言ったのは長い赤毛を頭の上にまとめ、その上に畳んだタオルを文鎮みたいに載せた音井さん。

良くも悪くもダウナーで平淡。挨拶《あいさつ》もそこそこに真白から興味を失ったのか、湯の中に顔の半分を沈めてぶくぶくと泡を立てている。

この場所にいたのが音井さんでよかった。正直、これくらい無関心でいてくれたほうがいまは助かる。

真白は音井さんの隣、人体3人ぶんほどの間を空けて湯舟に浸かった。

ああ……あったかい。

体の芯《しん》に霊的素子《オーラ》がぶちこまれたような感覚。いまならたぶん秘めた才能が開花して必殺技を習得できる。

クラスメイトの前で裸になるのは嫌だけど、温泉の気持ち良さは格別だ。良い温泉を選んでくれた菫《すみれ》先生に、感謝。

「月ノ森とはふだんあんま会話してないけどー」

「ん……？」

温泉の熱で脳味噌がふやかされてきた頃、ぬぼーっとしていた音井さんが不意に声をかけてきた。

「最近どうよー」

「なにそのざっくりした質問……」

「あーほらあれ、『黒山羊《くろやぎ》』が更新を停止したじゃんかー。あれで《5階同盟》の様子がどうなったのかと思ってなー」

「……アキから聞いてないの？」

「大雑把《おおざっぱ》にだけなー」

ふーん、意外。

音井さんって《5階同盟》と距離あるとはいえ、妙にアキと通じ合ってる空気醸《かも》してるし。てっきり何でも知ってるんだと思ってた。

「べつに大きくは変わらないよ。更新停止といってもそんなに長い時間じゃないし。次の目標も明確だから、各々《おのおの》、やることはほぼ同じ」

「ほーん。そんなもんかー」

「ただ、アキの目標はコンシューマーへの挑戦……もっと広くて、大きい世界に足を踏み出そうとしてる。真白たちも、視野を拡げなきゃって……気合いを入れ直してる」

「真白たちも……？　自分事みたいに語るんだなー」

「あ、や、ちがっ。ま、真白も小説家志望だから。感化されただけでっ」

「あー、そういうアレなー。なるほどー」

音井さんが適当な性格で助かった。

疑《うたぐ》り深いタイプの人だったら、いまの失策の穴を死ぬほど突かれていたに違いない。

しかし、それにしても音井さんは微妙に危険人物だ。巻貝《まきがい》なまこの正体を知られるわけにはいかないのに、独特のゆるい雰囲気のせいか、こちらの口までゆるくなってしまう。

言っちゃいけないことを言わされてしまいそうで、ちょっと怖い。

「そういやもう一個、訊《き》いてみたいことがあるんだがー。月ノ森さー、最近、影石《かげいし》とそこここ仲良さげだよなー」

「どうだろう。真白のこと応援してくれるし、味方だと思うけど。……何をしたら仲良しなのかわかんないし、いまいちわかんない」

「ウチも修学旅行実行委員会で一緒でなー。まーそこそこ交流あるんだわー」

「そうみたいだね」

文化祭のときもそうだったはず。

まっすぐ生える樫《かし》のような素直さと真面目さの化身である翠《みどり》部長と、まがりくねった柳のようにゆらゆらした適当さの化身である音井さん。正反対の性質を持ったふたりが一緒にいることが多いのは変な感じだ。

「でまー、なんかなー。その影石、様子が変なんだよなー」

「変……？」

「さっき、観光が終わってホテルに戻ってきてなー。一日目のプログラムに問題がなかったか、実行委員だけで集まって話をしたんだがー。……ほれ、あそこ見てみ」

「あそこ……あっ、翠部長」

ん、とあごの動きだけで示された方向に目をやると、にごり湯に浸かってボーっとしている翠部長の姿があった。

もうだいぶのぼせているのか、微妙に顔が赤いし、目の焦点も合っていない。

「ホテルに戻ってきてから、ずっとあの調子なんよー。月ノ森は何か知らんかー？」

「翠部長とは伏見稲荷《ふしみいなり》で一緒だったけど……べつに変なところはなかった。はず」

「そっかー」

「……あ、でも。たしかに……」

帰りのときは、ちょっとだけよそよそしかったかも。

午後の観光のラストだったたし、疲れてるんだろうなーぐらいにしか思わなかったけど。

もしかして、何かあったのかな？

相談に乗れるほど真白は人生経験豊富じゃない。

でも翠部長は真白の恋を応援してくれた、言わば真白派閥の子。できることなら力になってあげたかった。

恥ずかしさをぐっとこらえて立ち上がり、翠部長のいる浴槽《よくそう》に移動する。

「翠部長、だいじょぶ？」

「ひゃわ⁉　つつつつ月ノ森さんぅ⁉」

「ちょ、大声出さないで。てか、なんなのその反応っ」

翠部長の口をあわてててふさいで周囲を確認。

ざわざわ……がやがや……きゃっきゃっ……うふふ――……。

幸いにも他の生徒たちの声もかなりの大きさで、翠部長の悲鳴も目立たなかったみたい。

「ご、ごめんなさい。すごいタイミングで声をかけてきたから、驚いちゃって」

「意味不明。真白を薄い本の竿《さお》役みたいに言うのはやめて」

「ええっ。いやさすがにそんなふうには思ってないよ！　いくら温泉宿で入浴中にマッサージ

TVアニメ化決定の話題作！
ドラマCDも聞き逃すなっ！
友達の妹が俺にだけウザい9
ドラマCD付き特装版
2022年
1月15日頃
発売予定！
著●三河ごーすと
イラスト●トマリ

## 【予約注文書】書籍扱い（買切）

この注文書に記入して、お近くの書店へお申し込みください。

【書店様へ】お客様からの注文書を弊社、営業までご送付ください。
（FAX可：FAX番号 03-5549-1211）
注文書の必着日は商品によって異なりますのでご注意ください。
お客様よりお預かりした個人情報は、予約集計のために使用し、それ以外の用途では使用いたしません。

限定版は書籍扱いの買取商品です。返品はお受けできませんのでご注意ください。

発売日 2022年1月15日頃

# 友達の妹が俺にだけウザい9 ドラマCD付き特装版

ISBN:978-4-8156-1226-9　価格　2,970円

お客様締切 2021年11月5日（金曜日）
弊社締切 2021年11月8日（月曜日）

部

住所

名前

電話番号

書店印

師を名乗る屈強な男性従業員に誘われるのが王道中の王道とはいえ、さすがにこんなに大勢の女性客がいるのに突撃してくる人はいないし！」

「薄い本の竿役って単語がごく自然に共通言語になってることにはツッコミ入れないでおくね」

「えっ。あっ。違うのっ。これは男子が休み時間中にスマホで楽しんでたのを注意したときに知っただけで！」

「あ、そういうのいいから。その言い訳もう何度も聞いてるから」

「本当なのにぃ！」

涙目で訴える翠部長。

こういう情けない表情を見せられると、大変申し訳ないけど薄い本行きにふさわしく見える。わからせ甲斐《がい》のあるキャラというかなんというか。濃縮された高純度のオタクに好かれそうなタイプというか。

「で、どしたの。お悩み、真白でよければ聞くよ」

「……っ」

翠部長はうっと詰まったような顔になる。

何かを探ろうとするみたいに上目遣い《うわめづか》いで真白を見る。

……な、なんだろう。べつに何も後ろめたいことなんてないはずなのに、刑事に問い詰められる容疑者みたいな気分。

しばらくの間、翠部長は真白の目を見たり、逸《そ》らしたりを繰り返して、何かを言おうか言うまいか迷っているようだった。

でも結局、言うことにしたらしい。ゆっくりと口を開いていく。

「あのさ、月ノ森さん。……大星《おおぼし》君と、実は付き合ってない……よね？」

「…………。…………え？」

反応が数秒、遅れた。

「か……彼女、だよ？」

あれ、こういうとき、どう返すのが正解なんだっけ。

絞り出せたひと言はあまりにも心もとなく、視線も逸らしてしまった。

そんな体たらくだったからか、翠部長が真白を見る目には疑いの色が濃く滲《にじ》んだままで。

「本当に、本当？」

「ほ、ほんとう、だよ」

「神に誓って、本当？」

「ま、真白は無宗教だから」

「…………。大星君に誓って、本当？」

「…………」

避けられない。

『いいえ』を選んでも永遠に選び直させられるＲＰＧの選択肢みたいなループ現象。

しかもリトライする度に追及が厳しくなるやつ。

「何か事情があって偽の恋人関係を演じてるだけで、本当は……フリーなんだよね」

「どうして、そう思うの？」

「聞いたの。大星君から」

「……………………は？」

# 第5話 ●●●● 男子と女子が修学旅行でだけ王様ゲーム

「ふぅ……温泉でのフルーツ牛乳とかいう王道《テンプレ》を試してみたが、なかなか悪くない」

大浴場から出た後の団らんスペース。入浴後のホカホカ補正を全身にまとい、冷たい飲み物を胃に流し込んでいくと肉体に氷の芯《しん》が入るような感覚に包まれる。精神が研ぎ澄まされて、整う、の境地に至る。

旅館に用意されたゆったりした浴衣《ゆかた》でリラックスしていると、いままで自分がいかに忙しくしていたのかがよくわかる。

何気なしに周囲を見てみると、同じ浴衣姿の同級生がちらほら見えた。

オズや鈴木《すずき》の姿はない。あいつらはまだ入浴中だ。

効率的なルートで無駄なく観光地を巡ったせいかもしれない。無理して急いだわけではないのだが、染《し》みついた効率厨《ちゅう》の感性のおかげで最速を求めた上でも楽しみ尽くせた。

とはいえ意識せずとも自然と効率を重視してるあたり、ナチュラルに生き急いでんなぁ、俺《おれ》。

耳に聞こえてくる生徒たちのたわいのない会話が羨《うらや》ましい。

右を見ても左を見ても、上手にくつろげてる奴《やつ》ばかりに見えてしまう。……もっともそれも、自分以外のクラスメイトが全員リア充《じゅう》に見えるっていう、隣の芝生現象のひとつなのかもしれないけどな。

鼻の奥にフルーツの香りを吸い込みながらそんなことを考えていると、不意に視界の端に、生き急いでいそうな奴の姿が映り込んだ。

女湯ののれんをくぐるや否《いな》や脇目《わきめ》も振らずに早足で。

一ミリたりとも左右に逸《そ》れたりせずにまっすぐに。

そいつは、俺のほうへと向かってきた。

「アキ、こっちに来て」

真白《ましろ》だった。

物凄《ものすご》い勢いで接近されて、俺は思わず仰《の》け反《ぞ》った。

薄手の浴衣姿、風呂《ふろ》上がりの火照《ほて》った頬《ほお》と香る髪。思春期的には意識せざるを得ないその姿を意識する暇さえ与えない、圧倒的な圧がある。

「な、なんだよ、いきなり」

「いいから。こっち」

すれ違いざまに有無を言わさず俺の手を取り、歩みを止めずにぐんぐん進んでいく。

まだ半分残っているフルーツ牛乳をこぼさぬようにバランスを保ちつつ、引っ張られるまま真白についていった。

引きずり込まれた先は、すこし進んだところにある大きな水槽の裏側。

アクアリウムの放つぼんやりとした青い光に照らされた真白の顔は……本日何度目かになる、ご立腹の表情で。

「なんで翠《みどり》部長にバラしたの。真白たちの、ほんとの関係」

「あー……その話か」

ホッと胸を撫《な》で下ろす。またどんな地雷を踏んでしまったのかと心配になったが、その件であれば、ちょうど近いうちに真白には話そうと思っていたことだ。

すまん、と謝りつつ、俺は経緯を説明した。

ハリウッドプロデューサーだという謎《なぞ》の勘違いをされたままでは面倒な状況だったこと、翠の中でさまざまな勘違いや偽の情報が渦巻いている状態なのは健全ではないので正したかったこと。それらを詳《つまび》らかに説明していく。

「……事情はわかった。うそついてるのは真白たちだし、それは、しかたない……」

「ああ。翠部長とはなんだかんだで付き合いも長くなってきたし。真白もプライベートで仲良くなってるんだろ？」

「べつに、それほどでも」

「そうなのか。塩対応っぷりが彩羽《いろは》に対してのそれに近かったから、てっきりだいぶ仲良しになってるもんだと」

「ＬＩＭＥを交換して、たまに話したりする程度」

「友達じゃないか」

「……そう？　友達になろう、とか言ってないけど」

「真白……友達って、なろう、って言ってからなるもんじゃないぞ」

「えっ。うそ」

「わかる。その反応になる気持ちはよくわかる。だが世間的には友達ってのは自然になってるものらしい」

「意味不明……友達の概念、複雑怪奇すぎ……」

口元を片手で覆《おお》う探偵しぐさで、うむむと悩む真白。友達づくり経験値の低さが垣間《かいま》見えて微妙に悲しくなってくる。

「勝手な判断でカミングアウトしたのは本当にすまん。だけど翠部長ぐらい賢い人なら、俺たちの秘密をみだりに他人に言いふらしたりしないはずだし、心配しなくても大丈夫だと思うぞ」

「翠部長が……かしこい……？」

「そこに疑問を呈するな」

あれでもいちおう全教科１００点のモンスター優等生だぞ。

……気持ちはわかるが。

「真白ちん、見ーっけた！　んだよもーっ、浴場ではぐれたから寂《さび》しかったぞーっ！」

「ひゃわっ⁉　た、高宮《たかみや》さんっ……？」

背後から野性味あふれるタックル、もとい、ハグをかまされて、真白が驚きの声を上げた。

遅れてやってきた舞浜《まいはま》が俺の顔を見てハッとする。

「ご、ごめんなさい。いま、すっごくいいところだったよね？　邪魔しちゃった……っ」

「ん？　おーっ、大星《おおぼし》じゃん！　えっ、なになに逢《あ》い引《び》き⁉」

「う、ううん。そういうのじゃ……ない、よ？　お風呂上がりに、たまたま見かけたから、話してただけで……」

「まーそうだよねー。席も隣で家も隣の真正ラブラブカップルだもんね。わざわざ修学旅行でイチャつく必要ないか！」

……ん？

「家が隣……って、俺、話したことあったっけ」

「ぎくっ」

引っ掛かりを覚えた俺のつぶやきに、真白がビクっと飛び上がる。リアルに数センチ浮いた。

あわあわと何かを言いたげに高宮に目配せする真白。

だがそのアイコンタクトは届かず、彼女はけろっとした顔でこう言った。

「真白ちんのノロケ話で普通に教えてもらったけど？」


真白……お前って奴は……。

あきれた眼差《まなざ》しを送ると真白はだらだらと汗を流して、居心地悪そうに縮こまる。

ニセ恋人の真実を黙って翠に打ち明けた俺も俺だが、住所なんていう極《きわ》めてプライベートな情報をノロケついでに漏《も》らしてる真白も真白だ。

「か、勝手にばらして、ごめん……テンション上がって、つい……」

「まあ、お互いさまってことで」

「はい……」

しゅんとさせてしまった。

住所をばらしたのは問題だが、真白にもそんな砕けたのろけ話ができるクラスメイトができたんだなぁと思えばそこまで目くじらを立てる話でもない。

落ち込ませるのは本意じゃないけどどうしたもんかなと考えていた、そのとき。

空気をガラリと変えたのは、高宮のいやに陽気なひと言だった。

「ねね！　大星さ。もし二人でヨロシクする予定がないならさ、このあと女子全員で男子部屋に突撃していい？」

「このあと？　確かに消灯時間まですこし猶予《ゆうよ》があるが……」

「あ、明日香《あすか》ちゃん。や、やっぱりやめようよ。押しかけたりしたら迷惑になっちゃうよ」

「……あっ」

おずおずとした舞浜の反応と、何かを期待するような高宮の目の輝きに、俺はようやくその提案の意図を察した。

俺って奴はつくづく鈍感野郎だ。このシチュエーションでわざわざ男子部屋に来るなんて、そんなもん目的はひとつしかない。

「オーケー。あとで来てくれ」

「ほ、本当っ？」

「ああ。オズと鈴木も、たぶん嫌がらないと思う」

「やりぃ〜！　勝負下着で気合い入れていこうぜ、京子《きょうこ》ちん！」

「そんなの穿《は》かないよっ」

あははと陽気に、からかい混じりに笑いながら高宮が逃げていき、それを真っ赤《まか》な顔で叱《しか》りながら舞浜が追いかけていく。

「ホント、アキはお節介。仲良くもないクラスメイトのお願いをここまで聞いてあげてる」

立ち尽くしたままの真白がぽつりと言う。

……何言ってるんだか、こいつは。

俺はため息混じりに言う。

「それだけなわけあるかよ。女子の中には真白も含まれてるだろ」

「え？」

「俺だって、修学旅行の思い出に楽しく遊びたいって気持ちはある。……恋愛感情かどうかと訊《き》かれると困るが、それは確かな本音なんだよ。それぐらいは信用してくれても、いいと思うんだ」

「………。そか」

短くそう告げて、真白は背を向けた。

そちらの方向には、エレベーターの前で待っている高宮と舞浜がいた。

「恋愛じゃないと、どうしても不満か？」

困らせる問いかもしれない。

真白が最も望む関係性がそれだと理解しながら、こんなことを言うのは最低野郎の所業かもしれない。

だけど――。

同じマンションの５階で暮らす仲間。

小さい頃、多くの時間を一緒に過ごした幼なじみであり、従姉妹《いとこ》。

それらの関係性も、俺にとっては恋人と同じか、それ以上に大切な関係のカタチなのだ。

嘘《うそ》も誤魔化《ごまか》しもありはしない、それは俺の素直な想《おも》いだった。

「…………。とりあえず、いまは許す」

上から目線でそう言った真白の声は不機嫌さを帯びたままだった。

けれど、今回は正しい選択ができたと確信が持てた。

アクアリウムに反射した彼女の横顔が、確かに微笑《ほほえ》んでいたから。

＊

「男子が3人、女子が3人。場所は修学旅行のホテル。時間は深夜。このシチュエーションでやることといえば～？」

「超絶怒涛《どとう》のロマンスゲーム！　新歓、オフ会、合同コンパ、すべての出会いの盛り上げ役！その名はぁ～？」

「「王様ゲェェェェェェェェェェェェェェェェェェェェム‼」」

「「イェェェェェェェェェェェェェェェェェェェェェェイ‼」」

高宮明日香と鈴木武司《たけし》。野生と脳筋の二重奏。足し算ならぬ掛け算の音量で、ふたりの馬鹿《ばか》の声が男子部屋に轟《とどろ》いた。

風呂から出て十数分後、男子部屋には班員全員が集まっていた。

我が物顔でベッドに立ち、高々とこぶしを天井《てんじょう》に突き上げる高宮と鈴木。俺、真白、オズ、舞浜は畳の上に座布団《ざぶとん》を敷き、各々《おのおの》適当にくつろいでいた。

「……うっざ」

「言ってやるな。気持ちはわかるが」

盛り上がる陽《よう》キャふたりのノリに、真白がげんなりした顔でつぶやく。

俺もツッコミを入れたものの、本音としては真白と同じだ。

一日中観光してきた後だってのにどこからこんな元気が湧《わ》いてくるんだよ、こいつら。

そもそもなんでトランプとかじゃなくて王様ゲームなんだよとツッコミを入れたくなるが、まあ、そこはどうでもいいか。

「はい、ここにあたしが公平公正に作ったクジがあります！」

「おー」

当然、公平公正ではない。

オズと舞浜に美味《おい》しいシチュエーションを作るべく全力全開の不正《イカサマ》を仕掛けている。

そういう手はずになっていた。

が、とりあえず何も知らないフリをして乾《かわ》いた拍手を送っておく。

今日の俺は女子側の回し者。

これはお前に青春イベントを送らせるためでもあるんだ。悪く思うなよ、オズ。

「……（ニヤリ）」

「……（こくり）」

「……おう」

高宮、真白と目配せし、うなずき合う。

交換したLIMEでやり取りし、作戦は裏で打ち合わせ済みだ。

王様ゲームとは『王様』と書かれたくじと残りの人数分の番号の書かれたくじを引き、王様を引き当てた人間が番号くじの人に命令をすることができるという至ってシンプルな、読んで字の如《ごと》く世の男女が嗜《たしな》む王道のゲームである。誰《だれ》が何の番号を引いたかを伏せた状態で命令するため、欲望やら罪悪感が削減され、普通なら直接名指ししてやらせるのは憚《はばか》られるような攻めた命令も可能としてしまうのだ。——とまあこの辺の、ネットで調べれば無限に出てくるような王様ゲームの基本的なルールなんてどうでもいいだろう。カット。

ここで大切なのは、俺たちの作戦のほうだろう。

説明しよう。

俺、真白、高宮、舞浜がやろうとしているのは、番号と命令の内容の操作。

本来ランダムのはずの結果を完璧《かんぺき》に操作することでオズと舞浜にイチャでラブなイベントを強制するって寸法である。……頭悪いって言うな。自覚はある。

「あ、高宮さん、スマホの充電切れそうだよ？」

「おおっとぉ？　その距離からでも見えるんだ。目ぇいいね！」

「これでも視力は2・0あるからね」

「ワオ、鷹《たか》ノ目じゃん！　ファルコン・オズマじゃん！」

「ファルコンはハヤブサで、鷹はホークだぞ」

さらっと訂正しておく。勢いで誤情報を拡散するのは良くないからな。

「でも意外だねーっ。パソコンオタクは視力低いのがデフォだと思ってた！」

「人より画面を見る時間が長くて視力低下のリスクが高いのはわかってたからね。だからこそ逆に気をつけるようにしてるんだ」

「うおーっ、頭いいーっ！」

「あはは。大げさだよ。……で、スマホね。充電してあげるから、貸して」

「ありがたし！」

高宮からスマホを受け取ったオズがアダプターを差し込み、充電を開始する。

一瞬、やべ、と思う。

ＬＩＭＥ画面が覗《のぞ》かれるのではとひやっとした。

……が、オズは画面をまじまじと見たりせず――。

「はいこれ」

「サンキュー！」

――あっさりとスマホを返した。

俺は人知れずホッとため息を吐く。

そして。

「んじゃー気を取り直して始めよっか！」

それぞれの思惑が交差する王様ゲームが、いま、始まる……！


「「「「「王様だーれだ！」」」」」


全員が声を合わせて一斉にくじを引く。

「おっ、あたしが王様か。いやー偶然だなー。何の不正もしてないのにラッキーだなーっ！」

選ばれたのは、予定通りに高宮だった。

偶然を装う演技がド下手くそすぎて不安になるが、そこは素人《しろうと》なのでご愛嬌《あいきょう》といったところか。ここがイカサマがバレたら指が何本か飛ぶギャンブル漫画の世界じゃなくてよかった。

さて、俺の番号は……3か。

「どんな命令にしよっかなー。流行《はや》りの命令がないか調べてみよっかなー。うむむむ」

などと言いながら、充電中のスマホを手に検索する……フリをする高宮。

「さっさと決めろよ。煮るなり焼くなり好きにしてくれ」

もったいぶった態度に焦《じ》れて、手持《ても》ち無沙汰《ぶさた》にスマホをいじる……フリをする俺。

当然、これらの動作はすべて不正《イカサマ》のためだ。

俺たちの作戦はこう。くじの細工により、高宮が確実に王様を引き当てる。そして、俺、真白、舞浜、鈴木は自分の番号をＬＩＭＥで高宮に教える。これにより高宮は、確実に舞浜とオズを狙《ねら》い撃《う》ちしてイチャらせることが可能なのだ。

ちなみに鈴木はさっき仲間に引き入れた。口の軽さが心配だったが、この作戦ではさすがにオズ以外の全員を仲間にしないと成り立たないからだ。いまのところうまく潜伏してくれてるのでひとまず問題なし。

「よーし、決めた！『1番が3番に情熱的なキ────ッス！』でどうだーっ⁉」

「ええっ、そんなっ、2番がキスなんて。私そんなの無理だよっ……って、あれ？」

「……ん？」

「……えっ」

高宮が自信たっぷりに告げた命令の違和感に、俺たちは虚《きょ》を衝《つ》かれたように瞬きした。

何かおかしかったよな。おかしいね。という気持ちを確認し合うべく、俺は真白と、舞浜と、鈴木と、顔を見合わせる。誰もが同じ顔をしていた。

室内に微妙な空気が満ちる。

「あ、あれ？　どしたの、みんな。『1番が3番に情熱的なキ────ッス！』だよ！　該当する人は潔く手を上げて！」

高宮だけは俺たちの様子に気づいてないのか、変わらぬテンションで煽《あお》り続けていた。

いや、潔く、じゃないんだよ。

「あれ、おかしいな。1番と3番、誰もいないのかな」

素朴な顔でオズが言う。

……駄目だ。このまま黙っていたら、おかしな話になる。

俺は素直に挙手をした。

「3番は……俺、なんだが……」

「え？」

高宮がきょとんとした。

王様にとっても、これは予想外の事態のはずだった。

そして俺のカミングアウトからすこし遅れて、もうひとりの該当者がゆっくりと手を上げる。

「1番は……真白、です……」

「ええーっ⁉　あたし何か間違えた⁉　あれ？　あれーっ⁉」

混乱した高宮がスマホを二度見する。

あきらかに不正の香りしかない動作だが、自分の目を疑いたくもなる気持ちは理解できる。

こんなミスしようがない単純なトリックで、どうやったら間違えるのか。

というか、仮にミスしていなかったとして、だ。

「明日香ちゃん。そもそもその命令はさすがに行きすぎだと思う」

そうそれ。舞浜が俺の言いたいことを代弁してくれた。舞浜とオズに強制してやらせるイベントとしては、あまりにもディープすぎる。そこまでやるとは聞いてないぞ、俺も。

高宮はあははと笑いながら頰を掻《か》く。

「先制攻撃で一発ドデカい花火をぶち上げようかと」

「もう、人のことだからって好き放題なんだから……」

「ま、まあでも結果オーライ！　1番と3番が大星君と真白ちんなら問題ないっしょ！」

「そ、そうだね。もうすでに熟年の本物カップルだもんね」

「〜〜〜〜〜っ！」

赤い顔を俯《うつむ》かせてわなわなと震える真白。

俺もいま自分がどんな顔をしているか、正直、自信がない。

いやだって、熟年カップルだと勘違いされてはいるものの、その実、カップル歴は0年。キスどころかハグだって未経験なんだ。簡単に受け流せるほうがどうかしてる。

だがすでに賽《さい》は投げられた。

これは、罰かもしれん。

考えてみたら、オズに青春体験をさせたかったとはいえ友達を嵌《は》めるような企《くわだ》てに力を貸すなんてどうかしている。

お前、いい加減にせえよ、っていう神様からのお告げってやつなのかもな。

神様とか信じてないけど。

「……真白。俺は覚悟を決めた」

命令の内容は、1番が、3番に、情熱的なキスをする――だ。

つまり俺は受け身。真白が動かないことには、この命令は完遂できない。

重荷を負わせてしまうのは心苦しいが……許せ、真白！

「さあ、好きにしてくれ！」

俺は正面から真白のほうを向き、あぐらをかいて目を閉じた。

すぅー、と呼吸を整える。求めしは無念無想の境地。

まさしく座禅《ざぜん》。

京の都にて歴史ある寺社仏閣を巡り、学びを得るのが修学旅行の真髄だというのならば。

いまの俺ほど正しく修学旅行している人間は、他にいないのではなかろうか。

「わかった……真白も、覚悟、決めるね」

「お、おう」

目を閉じたことで暗闇《くらやみ》と化した視界の外、真白の声だけが聞こえる。

他の班員たちは固唾《かたず》を呑《の》んで見守っているらしくひと言も発さず、まるで世界に俺と真白しかいないのではないかと錯覚してしまう。

気配が、近づく。

あきらかに真白の気配。微《かす》かな息遣いと、匂《にお》いでわかる。

近づく速さと、呼吸の乱れ方で、真白の緊張が読み取れる。

高宮の軽はずみな提案に乗せられたせいで罰ゲームに付き合わされる羽目になってすまん、真白。

……いや、違うか。

罰ゲーム、じゃない。これを罰ゲームと表現するのは、あまりにも失礼だ。

本当に俺のことを好きでいてくれている真白からすれば、たとえどんなきっかけだとしても、初めてのキスは大切なもののはずで。

こんなふうに、成り行きみたいに消費されるのは御免被《こうむ》るはずで。

「真白。やっぱり無理はしなくても――」

「あなどらないで」

「えっ？」

「真白だって、ケジメぐらい自分でつけられる」

強くそう言った直後、ちょん……と。

俺は、唇のやわらかさと、冷たさを感じた。

驚いて、目を開ける。

真白の顔が、すぐそこにある。

触れていた。間違いなく。

これは夢でもなんでもなくて。実はアイスキャンディーでした、みたいなオチもなくて。

――キス。

まごうことなき、キス。

数秒、唇の温度を感じた後、真白はゆっくりと顔を離した。そして茫然《ぼうぜん》とこちらを見つめるクラスメイトたちに向けて言う。

「ほっぺただって、キスのうち。異論は認めない」

その言葉に俺はハッとする。

頬。そう、頬である。唇ではなく、頬である。

真白の唇が触れたその事実に驚きすぎて、大事な主語の認識が脳味噌から抜け落ちていた。

「アキも、これでいいよね?」

「あ、ああ……」

恋愛的に踏み込みすぎない、ギリギリの範囲だよねという意図の問いだとすぐにわかった。

思わずうなずいてしまったが、正直なんとも言えないところだった。

唇だろうが、頬だろうが、キスはキスだとも言えるわけで。

ちゅ

心臓が跳ねて、跳ねて、落ち着かないこの感覚は、唇同士のキスといったい何が違うのか、俺にはよくわからなかった。

当事者である俺でさえ、こんなありさまのだ。

第三者である高宮たちが、ＮＯと言えるわけもなく――……。

「う、……うおおおおお！　ナイスキ――――ッス!!　情熱的なキス、キタ――――っ!!」

それどころか審判的には積極的にＹＥＳだったようで、高宮は大興奮。

「いいもん見してもらったぜ……」

と、鈴木は涙ぐんでサムズアップ。

さらには舞浜も夢見る乙女のようにぽーっとした顔で。

「わ、わぁ、素敵……予定と違ったけど、これが見れたなら、満足かも……」

クラスメイトたちからの妙な眼差しに、時間差で恥ずかしさがこみ上げてくる。

それは真白も同じだったようで、かーっと耳まで赤くなると、殻に閉じこもるようにうつむいてしまう。

初々《ういうい》しいカップルが偶然、過激な命令を引いてしまった――ただそれだけの事実を切り取れば、王様ゲームとしてはむしろ平和な結末だろう。

だが、この顛末《てんまつ》には黒幕がいる。

「アキってさ。恋愛事が絡《から》むとＩＱが低くなりすぎるきらいがあるよね」

事態を引き起こしたであろう黒幕――オズが、俺に向けてニッコリと微笑んだ。

そして、俺のスマホが振動する。

ＬＩＭＥの着信だ。


《ＯＺ》僕を相手にスマホを使った不正《イカサマ》が通用するわけないのに、ね☆

というメッセージと一緒に、ＬＩＭＥ画面のスクショを送ってきた。

俺、真白、高宮、舞浜、鈴木の５人が含まれているはずのグループチャットのタイムライン。

ま、まさかコイツ……あらかじめ高宮のＬＩＭＥを特定し偽の部屋を作成、俺たちが部屋を作ったタイミングでハッキングして高宮のスマホでは本物の部屋を見えないように設定――オズが作った偽の部屋で、オズが恣意的《しいてき》に選んだ数字を送ることで高宮をコントロールしようとしたって寸法か！　充電をするために一瞬スマホを受け取ってみせたのは、オズの不正返しを見破れるチャンスを俺に与え、操作の暇がなかったと安心させ、逆に油断を誘おうっていう魂胆――って、自分でも何言ってるかわからなくなってきた。

細かい理屈はこの際《さい》どうでもいいが、とにかくオズに嵌められたってことだ。

「き、気を取り直して次のくじびき行ってみよーっ！」

「ま、待て高宮！　このまま続けるのは――」

「アキ。せっかくの盛り上がりに水を差すのかい？」

「――ぐうっ」

冷静に、それでいて圧の強いオズのひと言で、俺は口を閉ざした。

不正がバレたと明かせば王様ゲームを中断できるが、もし大っぴらにそんなことを言ったら舞浜が大恥をかいてしまう。

実際、オズは俺たちの作戦を看破しているんだが……舞浜がその事実を知って居たたまれない想いを抱えるのは可哀想《かわいそう》だ。

……仕方ない。ここからは負け戦、好き放題サンドバッグになるとしよう。

結局、その後も高宮が王様を引いては俺と真白が命令されてイチャイチャするだけの展開が無限に続き……はさすがにせず、途中で何かおかしいと野生の勘で気づいた高宮が命令の過激度を下げてくれたので、微イチャで済んだ。（微妙でもイチャイチャさせんなと思うが、彼女的には俺と真白のそういうシーンだけでも充分楽しいからOKと考えたらしい。おのれ、他人事《ひとごと》だと思いやがって）
「は、話が違う……。なんで大星君と月ノ森《つきのもり》さんだけ……。あれぇ……？」
と、舞浜は終始困惑していたが、最後までオズに裏工作がバレた事実には気づかなかった。
不幸中の幸いってやつだろう。

……まあその幸いを体を張って守ったのは、俺と真白なわけだが。

「ふ、フフ。王様ゲーム……無責任にイチャつける、究極の免罪装置。なかなか、悪くない」

最終的に真白は人前の恥ずかしさにも慣れてきたようでずいぶん楽しんでたみたいだし……

これはこれでよかった……のか……？

＊

『オズ。罠《わな》にかけようとして本当にすまなかった』

『いいよ、べつに。月ノ森さんとのキスシーン、美味《おい》しかったしね。ごちそうさまでした』

『うぐ……。というかお前、いいのか？』

『何が？』

『俺と真白があんなふうに近づくのは、お前の本意じゃないはずだろ』

『まあ僕はアキと彩羽にお近づきになってほしい派閥の人間だからね』

『それじゃあ、どうして？』

『それはそれとしてアキが女の子との絡みで揺れてる姿を見るのが楽しいから』

『お前なぁ……』

# 第6話 友達を好きな人に俺だけがヒドい

深夜。灯りを消した客室には電子漫画を読んでいる俺《おれ》のスマホの光と、広縁《ひろえん》のテーブルに置かれた小さなスタンドライトの光だけがぼんやりと浮かんでいた。

消灯時間を過ぎている。

女子がいたときは騒々しかったが、健康優良児な俺たちは担任の見回りイベントが発生する前には解散し、寝る準備を済ませていた。

漫画の世界だと先生に見つかりそうになって男女二人で同じ布団《ふとん》に潜り、ドキドキしながらやり過ごす的な展開もあるだろうがここは現実。そうはならんかった。

真白《ましろ》の唇の感触が頬《ほお》に残っているのは、本当に現実なのかかなり怪しいが……うん。それについてはいまは考えないようにしておこう。

とまあ、宴《うたげ》の騒がしさもすっかり失せて、いまこの部屋で聞こえるのは鈴木《すずき》が発する、洞穴に潜む猛獣の唸《うな》り声みたいないびきだけ。

静かな夜だった。

ベッドから体を起こし、広縁のほうを見る。

灯りをつけて、茶を飲みながらゆったりと夜景を眺めているのはオズだった。

その背中はまるで俺を待っているかのように見えた。

……さっきのこと、ちゃんと話しておかないとな。

隣のベッドで鈴木が大の字で爆睡してるのを確認して、俺は立ち上がった。

売店で買っておいた缶のトマトジュースを冷蔵庫から取り出し、オズの隣に座る。

「さっきは悪かった、オズ。悪気はなかったんだが」

「僕は悪気で返したけどね。悪かったよ、アキ」

「順番は逆だが、実質五分か」

「うん。これでお互い水に流せる」

「ああ」

コツン、と。湯呑《ゆのみ》と缶で乾杯。

これが俺たちなりの喧嘩《けんか》と、仲直りの儀式だ。

無邪気な仕返しだったせいでわかりにくいが、オズがプログラム技術を攻撃に使うときは、何かしら怒っているときだけだった。

ただ、解せないことはある。

俺がお節介を焼いてオズに友達やら恋人やらを作らせようと考えるのは日常茶飯事だ。いままでそれが理由で怒られることなんてなかったのに。

なぜ今回に限って、怒っているのか。正直、俺にもよくわかっていない。

「ちなみに、アキに怒ってるわけじゃない」

「……なら、何に？」

「正確には怒り、じゃなくて、失望、とか、焦《あせ》り、とかのほうが近いのかな。自分でも、分析しきれていない感情なんだけどね」

オズは肩をすくめてそう言うと、さらにこう続けた。

「僕と舞浜《まいはま》さんをくっつけようとするのは、もうやめてくれないかな」

「舞浜と付き合う気はない、ってことか？」

「うん」

オズは即答した。

機械のような判断の速さだった。

「なんでそこまでハッキリ言い切るんだ？　……文学少女は肌に合わないか？」

「あはは、理系か文系かで人間を分類するほど非科学的な思考はしてないよ。……誤解しないでほしいんだけど、僕はべつに舞浜さんが相手だから無理って言ってるわけじゃないんだ」

「というと？」

「誰《だれ》が相手でもＮＧ――結局、まだ僕は誰かと深い仲になるべきじゃないと思うんだよね」

笑顔に血が通わず青白く見えるのは、窓から射《さ》し込《こ》む月光のせいだろうか。

そう考えてしまった自分を否定したくて、俺は首を振った。

「心配いらない。いまのお前なら、もう一歩ぐらいは踏み込める」

「昔に比べたら、それはね。……でも、僕はまだ大事なところで人の気持ちがわかっていない気がするんだ」

「100%わかる奴《やつ》なんざいない。俺だって無理だし、彩羽《いろは》も真白も菫《すみれ》先生も、巻貝《まきがい》なまこ先生だってそう。コミュ力なんてのは0か1で測るほうが間違ってる」

「もちろんそうだね。でも僕のそれが限りなく0寄りなのは事実だよ」

「確かに修学旅行用の会話レパートリーが少なくて苦戦してるかもしれない。だがそれでも、せいぜい『すこし調子が悪いのかな？』ぐらいの不自然さだ。それは教室の中にしっかり溶け込もうとしてきた、お前の努力の賜物《たまもの》だろ」

「うん。うまく仮面をかぶれたおかげ。……僕の正体に気づいていたら、舞浜さんは僕を好きになったかな？」

「……。俺が知るかよ、そんなこと」

突き放すように言う俺に、オズは、あははと笑みをこぼした。

「アキはヒドい人だよね。僕以外の人にだけ」

「……そうかもな」

「舞浜さんを実験台にしようとしてる。僕がいずれ本当に心を開ける恋人を作れさえすれば、彼女とは破綻《はたん》してもいいと思ってる」

「否定はしない。……大して親交が深いわけでもないクラスメイトと、友達のお前。どっちの人生をより重視するかは訊《き》かれるまでもなく決まってる」

もちろん全員が問題なく幸せになれるなら、それが最高だろう。

だがどちらかひとつしか選べないなら？

トロッコ問題と呼ばれる思考実験がある。

二股《ふたまた》の分岐に差し掛かっている暴走トロッコ、線路のレバーで行き先を切り替えられるのはあなただけ。片方の線路には五人の人が、片方の線路には一人がいる。何もせずに五人の死を選ぶか、己《おのれ》の手で一人に犠牲になってもらうか。

その問い自体がばかばかしいと俺は思う。

大事な人なら死ぬ気で救うし、関係ない奴ならどっちが死のうがどうでもいい。それが正義だとも当然だとも思わないが、少なくとも俺は躊躇《ちゅうちょ》なくそう判断する人間だ。

だからたとえ舞浜がいずれ傷つく確率が高いとしても、オズの長期的な幸福に繋《つな》がるなら、一時的に付き合うのもアリだと思っている。

それに、そもそも、だ。

「ワンチャン幸せなままゴールインできるかもしれん。その後うまくいくかどうかが五分五分なのは、普通の恋人同士でも同じだろ。……イケメンと付き合えて一時的にでも幸せになれるなら、それはそれで舞浜にとっても価値あることだと思うけどな」

「本当にイケメンなら、ね。本当の僕は違う」

「はあ……昔の話はしないって、約束だったはずなんだがな。京都の歴史巡りのせいで、過去に思いを馳《は》せたくなっちまったのか？」

「あはは。そうかもね」

冗談めかして笑うオズ。

……お前自身は、気づいてないんだろうなぁ。

そうやって過去を思い返して、舞浜のことを慮《おもんぱか》れる時点で、もう一歩を踏み出す資格ぐらいとっくに手に入れてるってのに。

ただ、オズの不安も理解はできる。

本人はもちろんこと、中学時代のコイツを知ってる人間なら、誰だって足踏みしたくなる。

それくらい、当時の小日向乙馬《こひなたおずま》は常軌《じょうき》を逸《いっ》していたんだ。

「エモい雰囲気って怖いな。昔話とかしたくなってくる」

「僕は付き合うよ」

「……ま、今日ぐらいはいいか」

綺麗《きれい》に整えられた、艶のある山吹《やまぶき》色の髪。雑誌のモデルをそのまま参考にした、絵に描いたような美少年の顔に、それとは正反対の、暗い印象の少年の幻影《シルエット》が重なる。

——よう。久しぶりだな、小日向。

＊

小学校から中学校に上がったときの、世界がガラリと変わる感覚は正直かなり衝撃だった。同じ小学校だった男子が突然不良を名乗りだしたり、地味だったはずの女子が髪を染めて、ギャルみたいになってたり。春休みの前と後、たったの二週間程度の間にずいぶんと変わってしまっていた。

それまで鼻水垂らしながら愉快にサッカーだの鬼ごっこだのやってた連中が、さも以前から詳しかったですとでも言いたげな顔で、カラオケだのお洒落《しゃれ》だの異性とのデートだのに興じる姿を見て、クソくだらねー、と思ったものだ。

友達の突然の変貌に面食らいながらも、友達で在り続けるために徐々に変わっていき、周りと同じような人間に染まっていく奴を見て、俺は心底軽蔑《けいべつ》していた。いや、軽蔑とは違うか。軽蔑というよりは、見ているだけで吐き気を催す、生理的嫌悪感に近かった。

水に黒いインクが垂らされて、つぎつぎと黒く染まっていく教室というバケツ。

そんな中、永遠に透明さが保たれているその一ヵ所に俺が気づくのは、当然の流れだろう。

——ただ一人。周囲にまったく流されず、交わらず、ただ己の姿でそこにいるだけの生徒がいた。

雑草のように伸ばし放題の髪。人形のような無表情。皺《しわ》だらけの制服。落書きされた机の汚れを拭き取ることもせず、猫背で机に向かい、常に何かに熱中していた。

ある時は読書。当時は難しそうな本だな、ぐらいにしか思えなかったが、後になって知ったところによると工学系の本だったらしい。

ある時はプログラミング。ノートPCを持ち込んでひたすら機械と会話していた。

ある時は発明。電子回路やどこで買ったのかわからない部品を組み合わせて、小さなロボットの親戚みたいなものを作っていた。

「何してんの?」

俺が彼に声をかけたのは、べつに彼の才能に気づいたとか、そんな大それた理由じゃなくて、ただ好奇心をくすぐられたからにすぎない。なんでそんな変わったことしてるのか、ただそれを知りたかっただけだった。

「効率よく人が死ぬ方法」

だから、想像の斜め上のその回答に、俺はすぐに反応できなかった。

「え?」

「効率よく人が死ぬ方法を探してるんだよ。放課後」

意味がわかるようで、わからない。

そんなひと言だけを俺に伝えたら、彼は会話に興味を失ったように手元の作業に意識を戻した。

一連のやり取りを見ていたクラスメイトが心配して俺を廊下に呼び出し、さっきの不思議な男子のことを教えてくれた。

小日向乙馬、という名前を知ったのもそのときだった。

そのクラスメイトは小学校時代から小日向を知っていたらしく、事細かに彼の過去を教えてくれた。

最年少で数学オリンピックで優勝した天才であること。

だが周りの人間と交流する気が一切《いっさい》なく、会話が成立しないこと。

声をかけるとさっきのように危険な発言を返してくること。

自分自身がどう見られているのかにも興味がないのか、服装や髪型も小汚くて、近寄りがたいこと。

放課後に理科室の近くで発見されることが多いらしいが、いろいろと怪しい噂《うわさ》が立っているものの、本当のところはよくわからないそうだ。

まあいろいろと説明されたが、つまりは彼が嫌われ者だという話だった。

「だからさ、お前もアイツには話しかけんなよ、大星《おおぼし》」

みんなそうしてる。お前もそうしろ。

小日向乙馬に対する明確な悪意をもってそう言ったクラスメイトに、いまの俺はむしろ大いに感謝していた。

なぜなら、ある意味で彼が《5階同盟》の生みの親みたいなものだからだ。

……みんながそうしてるから、合わせろって？　絶対に御免だね。

強烈な天邪鬼《あまのじゃく》だった俺は、むしろ小日向乙馬と死んでも仲良くなってやると、このとき心に決めたのだ。

その日の放課後、俺は理科室へ向かった。

が、理科室のほうは鍵《かぎ》がかかっていたので、その隣にある理科準備室に入ることにした。

そっちは鍵がかかっていなかったのだ。

授業以外で理科室に行ったことなんてなかったし、準備室ともなればなおさら未踏の地だった。だから普通の理科準備室という概念を知るはずもないのだが、それでも俺は、扉を開けた瞬間に待ち受けていた光景が、普通ではないのだとすぐさま理解できた。

──大きな箱の中に、街があった。

学校、ビル、鉄道、住宅街、商業施設。実際に水を流して、川まで再現されている。

それは極《きわ》めて精巧なミニチュアの街だった。

人間の代わりなんだろうか。頭と手足だけを簡易的に模したチェス駒《こま》みたいな人形が、街の至るところに置かれていた。

すげえ。なんだこれ。

好奇心をくすぐられて、自然と手が伸びていた。

「触るなッ!!」

「……!」

鋭い声に牽制《けんせい》され、俺は慌てて手を引っ込めた。

振り返ると手にバケツを提《さ》げた小日向乙馬が鬼のような形相《ぎょうそう》で俺を睨《にら》みつけていた。

投げ捨てんばかりの勢いでバケツを床に置き、駆け寄ってきた小日向に、俺はド派手に突き飛ばされた。

「いった……てめ、何すんだ！」

小日向の力は大して強くなかったのでよろめくだけで倒れたりはしなかった。

抗議の意味も込めて声を荒らげ、睨みつける。……が、その怒りはすぐに萎《しぼ》んだ。

――なんだコイツ……？

大声を上げて人を突き飛ばしたくせに、俺のことなんてもうまるで興味がないと言いたげに、箱の中の街を、切羽詰《せっぱつ》まった様子で、右から左から、ありとあらゆる角度からあらためる。

そして、ふぅとため息をついた。

「航空写真からスキャンしたデータを元に３Ｄプリンタも使って、正確に再現したんだ。建物の位置や配置の角度……自然な欠損ならまだしも、人の手で恣意的《しいてき》に配置をいじられたりしたら間違った結論を導くところだった。気をつけてくれなきゃ困るよ」

「は、はあ……」

このときの俺には彼が何を言ってるのかよくわからなかった。

かろうじて理解できたのは、彼にとってこの箱の中の街が大切な物だってことだけだ。

「もしかして、お前が作ったのか？」

「この街を１５０分の１で再現したミニチュア。箱は先生の趣味。そこにタダ乗りして、パーツを勝手に作って、再現度を徹底的に上げさせてもらっただけ」

「理科の先生……と一緒に作ってるのか」

「秘密にできるなら自由に使っていいって言われたからね」

知らなかった。優等生は俺みたいな一般人とは違う、特別な待遇を用意されるってことか。

そりゃ数学オリンピック史上最年少チャンピオンが学習意欲を見せたら、教師の立場で否《いな》とは言えないよなぁ。

「あ、でも。いま君にバレちゃったか。困ったね」

「秘密なんだとしたら、そうだな。べつに誰にも言いやしないけど」

「殺して口封じするしかないかな」

「……サラっと怖いこと言うのやめてくれないか？」

「冗談だよ。実験の環境を失うデメリットと殺人罪で投獄されるデメリットじゃ釣り合わない。

やるわけないでしょ」

「釣り合ったら殺しかねない言い方だから怖いんだよ……」

「てわけで。出てってくれる？」

「……唐突すぎるだろ」

会話にクッションの少ない奴だ。文脈を一切無視して、自分が出て行ってほしくなったら、追い出す。まるであらかじめ設定した通りに鳴り出すスマホのアラームみたいに。

俺のツッコミにも反応せず、彼は何やら作業を始めた。水の入ったバケツを持ち上げて椅子の上に置き、エアチューブのようなものでミニチュアの街と接続する。

「それ、何やってんの？」

「まだいたの？」

「邪魔しなきゃいいだろ。こんな面白《おもしろ》そうなことやっといて、出てけって言われてもな」

「効率よく人が死ぬ方法を探してたんだ」

「またそれかよ。どういうことだ？」

言葉のおかしさにはもうツッコミを入れる気も起きなかった。こいつはこういうことを言う変な奴なのだと、俺はそう理解して、受け入れることにした。

「こういうこと」

小日向は感情もなく言って、エアチューブのスイッチを入れた。バケツから吸い上げられた水が物凄《ものすご》い勢いでミニチュアの街に流れ込み、道路があっという間に水浸しになった。路上に置かれていた人型の駒が水流に呑《の》まれ、流されていく。

「おい、お前まさか。『効率よく人が死ぬ方法』って……」

なぜ正確で、精密なミニチュアが必要なのか？

それがもしも、どの場所に対して、何をすれば街に壊滅的な打撃を与えられるかを考える、テロリズムの発芽なんだとしたら。

小日向乙馬という男子はあまりにも危険人物すぎやしないか？

そんな疑いが胸に芽生え、彼の横顔をちらりと見る。すると――……。

「さあ、行っておいで」

「？」

思いのほか優しい横顔で、小日向はさっき教室でいじっていた小さな機械……おそらく市販の電子部品でも作れる程度の単純な仕組みなんだろう、ロボットのような何かを水に流した。

どんなアルゴリズムが組まれているのかは知らない。だがロボットは自らの判断で効率的なルートを動き、つぎつぎと水に流されていた人型の駒を回収していく。

「それ、救助してるのか？」

「うん。そうだよ。もし洪水が起きたときに、ＧＰＳの情報とロボットの自律稼働だけで救助が成立したら凄くない？　僕の仮説だと、助かる人数が増えるはずなんだよね。……まあまだ玩具《おもちゃ》での検証だから、これを大きくしていったり、運用の際の課題を洗い出したら別の問題も見つかると思うけど。……とりあえず今回は、大成功」

そう言って、小日向はニッコリ笑ってみせた。

長すぎる前髪で覆《おお》い隠されていた小日向の目を初めてハッキリと見たとき、俺は思わず肩をふるわせて笑っていた。

「は、ははは。なんだよお前、普通にイイ奴じゃんか」

「え？」

「いやさ、効率よく人が死ぬ方法を探してる、なんて言い出すから。俺はてっきり危険思想のやべー奴かと思ったよ」

「そう？　死亡人数が最大化される場合のシミュレーションで実験したほうがいいと思って、それで、ずっと考えてたんだけどね」

「言葉が足りなすぎる。お前、誤解されやすいだろ」

「どうだろう。他の人にどう思われようと興味ないし。気にしたこともなかったなぁ」

頬を掻《か》いて笑う小日向の顔を見て、俺は自分の考えが正しいと確信した。

他の連中の悪評は、誤解だった。

小日向乙馬の友達になる――その決意は、正しかったんだ。

「誤解を解こうぜ。小日向、お前すげえことやってるし、根は滅茶苦茶《めちゃくちゃ》イイ奴なんだからさ。

あいつらにわからせてやろう。なっ？」

「え、べつにいらないよ。ひとりでこうして実験できる場を用意してくれた先生と、それに君……えっと、名前、なんだっけ」

「大星明照《あきてる》」

「オオボシ、アキテルか。……苗字《みょうじ》も名前も四文字。名前を呼ぶのは時間の無駄だね」

「そこもシビアなのかよ。しゃあないだろ、生まれ持った名前なんだからさ。……ったく」

俺はすこし考えて、浮かんだアイデアにニヤリと笑う。

「よし、じゃあこうしよう。俺はアキでいい。二文字なら妥協できるか？」

「ああ、それはいいね。呼びやすそう」

「決まりだな。……その代わり俺は、オズって呼ばせてもらう」

「へえ、君も二文字がいいんだ」

「違う。合理的な考え方は性に合うが、べつにお前ほど極端じゃない」

なぜなら俺は凡人だから。

実験の内容や考え方、しゃべり方、すべての所作から『天才』が滲《にじ》み出ている小日向乙馬とは、まったく違う存在だ。俺はお前のように突き抜けた奴にはなれっこない。そう思わされるに充分なモノを見せつけられた。

だけど――……。

「俺もお前に合わせて、極端な効率厨《ちゅう》って奴になってみようと思ってな」

「ふぅん」

「そのほうがお前って人間をもっと理解できる気がするし。そこまでできれば、ちょっと……っていうか、かなり変わってるお前とも、友達になれそうな気がするんだよ」

「まあ、好きにすればいいいんじゃないかな」

「ああ、そうさせてもらうぜ。……オズ」

――それが、初めて俺が小日向乙馬をオズと呼んだ瞬間だった。

親友だから自然とあだ名で呼び合うようになった、とかじゃなくて。

お互いに二文字で呼ぶことが、効率的にコミュニケーションを取るための最低条件だっただけだ。

表向きの関係の重要性を学び、他人への興味関心も持つようになったいまでこそ、呼び名の文字数を削減しようとはしなくなったが……このときの癖《くせ》で、俺たちはいまだに二文字で呼び合っていた。

「で、話を戻すけどね、アキ。理科の先生とアキ……二人も理解者がいれば、充分幸せ者だと思うよ。僕はね」

そう言って笑うとオズは、ふたたび作業に戻った。

集中し始めるとすぐに俺の存在なんて忘れたように没頭していて、会話はすっかりなくなった。だがそこに寂《さび》しさなんてものはなくて、むしろ黙々と手を動かすオズの仕事がだんだんと形になっていく様《さま》を見守るのは楽しく、これまでにない充実感を感じた。

オズと友達になってから、放課後は毎日のように理科室に通った。

基本的に俺たちの会話は少なかった。何か目新しい物を作ってきたオズに俺が質問して、用途や仕組みを教えてもらう。それ以外の時間はただ無言で時を過ごした。寡黙《かもく》なオズが、自分の仮説や発明を語るときだけは意気揚々としていたのが印象的だった。

派手じゃないし、友達はけっして多くなかったけれど、俺もオズも充分満足していたんだ。

*

「あの日までは、ね」

修学旅行、宿泊先のホテルの部屋。

銀色の月を眺め、広縁で二人向き合いくつろぎながら思い出話に花を咲かせていた最中、俺の語りを引き取ってオズが言った。

「まさか唯一の理解者だったはずの、理科の先生に裏切られるとは思わなかったよ。人の心理を学ぼうとしなかったツケだよねぇ」

「時間の問題だったたってこった」

思い出すといまでもむかついてくる。

理科準備室に通い詰めるようになってから、俺も何度か顔を合わせた理科の先生。最初は話のわかる良い人だと思っていたが、実際は天才生徒のワガママを跳ねのけて機嫌を損ねる決断もできず、いざ問題が起きたら責任を取る度胸もない中途半端《ちゅうとはんぱ》な奴だった。

二年生になったとき、オズは、当時クラスで調子づいていた不良生徒にターゲットにされた。そいつらのやり口がまた汚くて、理科準備室の私物化を教頭に告げ口し、大きな問題に発展させられてしまった。他の教師から槍玉《やりだま》に挙げられた理科の先生はあっさり手のひらを返して俺たちが勝手にやったことだと言い出し、説教を始め……オズの実験環境はあっさり奪われちまったって流れだ。

「秘密にしておけっていうのも、結局そういうことだったんだろうよ。……ったく、駄目なら駄目って、最初から言っておけっての」

自分の責任でオズのワガママを認めたくせに、状況が悪くなったらこっちを責める――。

あんな大人の態度を見せられて、社会に幻滅しないほうが不自然だ。

俺は絶対にあの教師のようにはならない。自分が天才と認めたオズを、最後まで責任持って社会に認めさせてやる。

ちなみにその後、オズに対してのイジメやら面倒なことがいろいろあったりして、その解決のために俺もいろいろしたんだが……正直、黒歴史がすぎるのでこれ以上は思い出したくない。エモさで押し流されて何でも回想すると思ったら大間違いだぞ。

「ま、ああいう実験場を用意してやれない程度の俺も、偉そうなこと言えないけどな」

「そんなことないよ。ゲームの世界はすごく面白い」

「ある意味、ひとつの箱の中で、プレイヤーっていう人間にどんな条件を与えたらどんな反応を返してくるのか……仮説と実験を繰り返せるシミュレーターみたいなもんだ。一般人にも何をやってるのか理解しやすくて、ついでに資金も稼げるとなりゃあ一石三鳥だと思ったんだ」

「僕ひとりだと、他のクリエイターと組むなんて発想もなかったし、実現不可能だったからね。……ホント、アキには助けられてるよ」

「同時進行でお前のコミュ力《りょく》アップまでやるのは、ガチで骨が折れるけどな」

はぁ、とため息をついて缶に口をつけた。

いつの間にかトマトジュースは空っぽになっていた。

「ま、とにかくさ。僕の本性はそんなんだから。もともとはイケメンでも何でもない、ただのオタク気質の陰キャ。……舞浜さんもそれを知ったら好きになってないさ」

「どうだかな。意外と思い込みかもしれんぞ」

俺は鈴木武司《たけし》って同級生を勘違いしていた。

いや、リア充《じゅう》とか、自分とは違うと判断して遠ざけていた生徒たち、すべての奴らのことが、見えていなかったんだ。

それはきっと、オズだって同じはずで。

誰かとの恋愛に一歩を踏み出せるかどうかは、あとはもう、オズが勇気を持って向き合えるか次第のはずで。

「……僕のほうも空っぽ。そろそろ寝ようかな」

「明日もあるしな」

あくびをし、立ち上がるオズに俺も続いた。

すべての灯りを消して部屋を真っ暗にすると、足元に気をつけながら自分のベッドに戻る。

…………。

……誰かとの恋愛に一歩を、か。

どの口で言ってるんだろうな、俺。いやまあ脳内で考えただけで、口は未使用なんだけどさ。

俺だって、勇気を持って向き合えてるとは言い切れないのに。

そんなことを考えながら掛け布団をかぶると、頭の中に女の子の顔が浮かんでくる。

……最低なことに、二人も。

ひとりは真白。俺のことを好きだという、ニセの恋人。真白の唇の感触はいまだに頬に残っている。

そしてもうひとりは、彩羽。スマホを開いて、ＬＩＭＥに残された怒涛《どとう》のウザメッセージのログを見ていたら、不思議と胸にくるものがあった。

「彩羽の奴、ひとりで寂しがってんのかな……」

たった数日のこととはいえ、毎日のように絡《から》んでいた俺がいないのだ。

そこまでの存在価値が自分にあるか？　と訊かれたらない気もするが、万が一、メッセージの嵐《あらし》が寂しさの裏返しなんだとしたら。

「勇気を持って、一歩……か。自意識過剰だとからかわれる勇気ってのも、それなのかね」

《ＡＫＩ》お前、寂しがってるだろ
《彩羽》※ゲラゲラ笑ってるスタンプ
《彩羽》※ナイナイ、と手を振ってるスタンプ
《彩羽》※ぷぎゃーー！　と小馬鹿《こばか》にして指をさしてくるスタンプ

俺のメッセージに秒で既読がつき、一瞬でウザいスタンプが三つ連打された。


《彩羽》まっさか～。友達１００人、陽《よう》キャの王である私が寂しがるとでも？

《彩羽》センパイ如《ごと》きに会えないぐらいで寂しがるとでも思っちゃいましたかー？

《彩羽》うぷぷー！

《ＡＫＩ》俺だけじゃないだろ。真白もオズも菫先生も全員こっちにいる
《ＡＫＩ》京都にいないのはお前だけ。寂しがっててもおかしくない
《彩羽》ぶっぶー！　残念でしたー！　彩羽ちゃんならここにいまーす☆

……は？

なんだ、ここって。

いや、さすがに京都《ここ》に来てるわけはないよな。

意味深なことを言って俺をからかう気か？

《ＡＫＩ》どういう意味だ？
《彩羽》それはまた今度の――お・た・の・し・み♪

なんなんだあいつは……。

意味を教えてくれるつもりはないらしく、彩羽からのメッセージはそこで途切れてしまった。

電話でもして問い詰めてやろうかとも思ったが、さすがにもう夜も深く眠気も限界で、俺のまぶたはゆっくりと重みを増していき、意識が遠のいていく。

――まあ、いいか。

彩羽が元気そうで何よりだ。

＊

『俺らのエモさが彩羽のウザさで掻き消されたな……』
『いいんじゃないかな。これこそ顧客が求めていたモノだよ。たぶんね』

# interlude

Tomodachi no imouto ga ore nidake uzai

# 幕間 ●●●●● 菫と翠

「夢も希望もないわね。はー、現実ってクソだわ」

深夜のホテル。

薄暗い廊下を懐中電灯片手に歩きながら、アタシこと影石《かげいし》菫《すみれ》は大きくため息をついた。

消灯時間後、ルールを破って羽目を外している愚かな生徒がいたら指導すべく見回りをしているのだが、憤懣《ふんまん》やるかたないことにみんな真面目《まじめ》！　不純異性交遊も不純同性交遊も、一切《いっさい》確認されなかった！

なんでよ！　ひと部屋くらい見つけちゃって、きゃーっごめんなさい先生！　ってなるものでしょ！　アタシの夢を返しなさいよ！

まあ現実でそんなシーンに出くわしたらどうすりゃいいのかわかんないし。ガッカリ半分、ホッと半分だけどね。

「さて、そろそろ寝ようかしら。その前に一杯引っかけたいところだけど……」

仕事終わりで疲れた体には、キンキンに冷えたビールが効く。

寝る前に飲めば翌朝の体力回復量が増大すると、影石菫脳内大学の研究によるエビデンスがある（ない）。

普段のルーチンなら絶対に飲むところだが……これは修学旅行。そういうわけにもいかない。

引率に来ている教職員は、アタシを含め二年生の全担任と、学年主任。

男性職員と女性職員で部屋を分けているとはいえ、アタシの同室には二人の同僚がいた。

泥酔して、家にいるときのような姿を見せるわけにはいかない。

修学旅行の間は、禁酒するしかなさそう……苦しいけど、仕方ないわ。ぐぬぬ。

しっかし深夜のホテルを一人で見回りとか、なんでこんなこと教師にやらせるのかしらね。

本職の警備員を雇いなさいよ。教職員の労務契約に深夜の見回りなんてなかったっての。

幽霊とか不審者に遭遇したらどうするのよ、まったく——……。

「……よう……」

……………………………え？

「ど……し……」

待って。何このかすれたような、ボソボソした声。

アタシじゃないんだけど。

声は女子部屋の階の端、自販機と小さなベンチのある休憩所から聞こえてくる。

も、もしかして、本当に幽霊⁉　……い、いや、いやいやいやいやそんなわけないでしょ。

落ち着けアタシ。生徒と同僚の目がないからって油断するな。《猛毒の女王》は幽霊程度に恐れおののくような女じゃないはずよ。

すぅーっと息を吸う。……アタシは女王。アタシは強い。アタシは冷静。アタシは教師。

OK、切り替えた。自己暗示完了。これで醜態を晒《さら》す危険は減った……はず。たぶん。

アタシは毅然《きぜん》とした態度で休憩所に近づき、懐中電灯の光でベンチを照らした。

「そこにいるのは誰《だれ》かしらっ」

……語尾がちょっとよれた。裏返らなかっただけ合格としよう。

光に照らされたのは意外な人物だった。

彼女はハッと顔を上げると、アタシの顔を見つめて。

「お姉ちゃん……」

そう呼ぶ人間は、一人だけだ。

「翠《みどり》ちゃん……？」

そう、信じられないいことに影石翠だった。

お風呂《ふろ》の後だからか髪を下ろしていて、トレードマークのリボンに結ばれたポニーテール姿ではない。だけど実の姉が妹の顔を見間違えるわけもなかった。

あまりにも予想外で、アタシはしばらく絶句していた。

職務中なのに『影石さん』と呼べなかったのが動揺の証拠である。

「どうしてここにいるの？　消灯時間を過ぎたら部屋を出ちゃいけないことになっているわ。

あなたがルールを破るなんて、いったい何があったの……⁉」

説教、ではなく、疑問。

影石翠はルールを尊び、ルールを守り、ルールを執行する。法律は当然のこと、不文律も、ローカルなルールも、マナーとされる行いも、些細《ささい》な約束事でさえ、馬鹿《ばか》正直に守り抜き、己《おのれ》を律することができる真面目中の真面目。モンスター級の優等生である。

そんな彼女がどうして消灯時間を過ぎているのに部屋を出て、ホットココアの缶まで手にしているのか！

深夜に糖分とカフェインを摂る罪まで重ねるなんて、翠ちゃんに何が起きたっていうの⁉

「お姉ちゃん……私、悪い子かも……」

「ええっ？」

「だからこうしてルールも破ってる。救いようのない、最低女。それが私……お姉ちゃんは、こんな私に、幻滅する？」

「待ちなさい。悩みがあるなら聞くわ。勝手に暴走しないでちょうだい」

泣きそうな顔で言われて、素で心配になってきた。

アタシは翠ちゃんの隣に座って、厳格な菫先生の顔と、菫お姉ちゃんの顔の、中間ぐらいの表情を作る。

「伝わるように話してちょうだい。ゆっくりでいいから」

「うん……」

しゅんとしながら、翠ちゃんは静かに口を開いた。

「これは友達の友達の友達の話なんだけど」

ああこれね。あきらかに本人の話だよねって流れのやつね。はいはいＯＫ。

「実はその子の友達には彼氏がいてね、友達からは彼氏との関係を応援してほしいってお願いされてたんだけど……実はその友達と彼氏は本物の恋人同士じゃなかったの」

「えっ」

「それは秘密にしていて、一部の近しい友人を除いてほとんどの人はその真実を知らないみたいなんだけど……伏見稲荷《ふしみいなり》でのある出来事をきっかけに、その子は、彼氏のほうから真実を聞かされちゃって」

「なるほど……」

いやそれ、普通にアキと真白《ましろ》ちゃんじゃん……。偽の恋人関係なんてやってるの、この世界広しと言えどもあの二人だけじゃん……。

てか伏見稲荷大社って修学旅行の観光ルートでしょそれ。

完全にタイムリーな情報出てきちゃったけど、登場人物を伏せる気、本当にあるのかしら。

「そしたらね、その子の中で、変な感情が芽生えてきたの」

「え？」

「その彼氏って人――男子の顔が、ずっとまぶたの裏に貼《は》りついたまま、離れてくれないの。胸がずっと痛くて、止《と》まらないの」

浴衣《ゆかた》の上から胸を押さえて、苦しげに喘《あえ》いでいる。

演技ではあり得ない痛切さを感じさせるその姿に、アタシは息を呑《の》んだ。

「それまでは絶対に考えちゃいけないと思って、押さえつけてた。友達の恋人に対して、不埒《ふらち》なこと……そんなの想像するだけでもイケナイことだと思って、我慢してた。でも、もし友達と彼氏が付き合ってないんだとしたら。私にもチャンスがあるんじゃないか……って。そう思ったら、友達に、直接確認しなくちゃ気が済まなくて」

私、って言っちゃってるわよ、もう。

なんて、そんな無粋なツッコミを入れる気すら起きなかった。

無理よこれ。何も言えない。

生まれてこの方、ガチの恋を経験したことがないアタシには、その感情がどれほど重いものかはよくわからない。

でも妹の痛ましげな表情を見ていたら、とても茶化《ちゃか》す気にはなれなかった。

「そしたらね。秘密を指摘した途端、友達はすごくショックを受けた顔をしたの。あたりまえだよね」

「ええ。秘密は、秘密にしておきたい事情があるからこその、秘密だもの」

「うん。それを突きつけるなんて、最低だった……。でも、無理だったの。友達に、訊《き》かないままじゃいられなかったの。早く真実を確認しないと、もう頭がおかしくなっちゃいそうで」

「翠ちゃん……」

影石翠という女の子は、優しくて、賢い。

自分の行動の結果がどうなるのかを己の頭で考えられるし、他人の痛みも想像できる。

姉のひいき目だけじゃない。彼女の人徳は彼女自身の打ち立てた数多《あまた》の学校での活動実績に裏打ちされている。

彼女が無理だったと言うなら、きっと本当なのだろう。

「こんなに頭が痛くなる問題、初めてなの。答えを教えて、先生。こういうとき、どうするのが正解なの？」

「それは……」

一瞬、言いよどむ。

アタシにとっても究極の二択だ。

翠ちゃんの気持ちを切り捨て、諦《あきら》めさせるか。

真白ちゃんの利益《りえき》を無視して、背中を押すか。

……ああもう、意地悪だなぁ神様は。こんな選択、アタシにさせないでよぅ。

優柔不断な自分を呪《のろ》う。こういうとき《猛毒の女王》なら即断即決で冷酷な判断を下せる

んだろうけど。

アタシは影石菫であり、紫式部先生《むらさきしきぶせんせい》。

教師とイラストレーター、どっちも取った、中途半端《ちゅうとはんぱ》な女。

だから──……。

「全部が正解で、全部が不正解。ランダムで答えが変わるし、正解した後に不正解になることもある。これはそういう理不尽な問題よ」

コウモリはコウモリらしく。玉虫色の回答に、逃げた。

あとはもう、どう転ぶかは本人たち次第。

アタシには、どうにもできない。

だからせめて誰の邪魔もせず、皆に自分の道を全力で突き進んでもらう。

「好きになさい。あなたは自由だわ」

「お姉ちゃん……」

純粋な翠ちゃんは、アタシが真剣な表情で言えば何でも信じてしまう。

今回の、アドバイスしているようでいて、実は何も言っていない言葉でさえも。

「……うん。わかった。私は、私が後悔しないために。考えてみるよ」

そう言って、彼女は立ち上がる。

ホットココアのプルタブを開けて、勢いよく飲み干すと、空いた缶をゴミ箱に投げ……たりせず、丁寧に入れた。

「深夜に出歩いてごめんなさい、影石先生。部屋に戻ります。えっと、この罰は――」

「生徒の悩み相談に昼も夜も関係あるかしら？　相談に使った時間が深夜だっただけ。すこしでも悪いと思うなら、一分でも一秒でも早く布団《ふとん》に入って寝ることね」

「は、はいっ。ありがとうございましたっ」

行儀よくぺこりと頭を下げて、翠ちゃんは小走りに自分の部屋へと戻っていった。

その背中を見送って、ぶはぁ～、とクソデカため息を吐いてしまう。

おっと、クソデカなんて下品な言葉遣い、妹には聞かせられないわね。まあ、心の中だし、あの子もうここにいないし、これくらい許してほしい。

あーあ……いつかはこんな日が来るんじゃないかとは思ってたけど。ついに来たかぁ。

ただでさえ彩羽《いろは》ちゃんと真白ちゃん、アキを好きな二人のうち、どっちかしか幸せになれないのを心苦しく思っていたのに。

紆余曲折《うよきょくせつ》あって、真白ちゃんから直接相談されるようになったから、どっちかというと真白ちゃんのほうに偏らざるを得なかった時点で、ほんのり罪悪感があったくらいなのに。

「実の妹まで参戦するなんて……真白ちゃんを応援しなくちゃなのに、悩ましい……！」

ままならない現実を前に、腹の底から込み上がってきた願望は、とてもじゃないが一般的な女教師の発想ではなかったが。

きっといまのアタシに賛同してくれる人間は大勢いると信じて、この言葉を捧《ささ》げよう。

「ハーレム、合法にならないかしら……」

007

Tomodachi no imouto ga ore nidake

# 第7話 友達の妹と俺だけの清水

「やっちまった……」

ハッと目覚めた瞬間、俺《おれ》は手のひらの中にある生暖かい感触に、猛烈な後悔に襲われた。

窓からは朝陽が差し込んでいる。

チュンチュンと、鳥の鳴き声が聞こえる。

ああ……やらかした。修学旅行の魔力にそそのかされて、迂闊《うかつ》な行為に及《およ》んでしまった。

やべえよ、やべえよ……。


スマホ充電すんの忘れてた。


彩羽《いろは》とＬＩＭＥメッセージやり取りしながら寝落ちしたせいで、充電ケーブルに繋《つな》ぎ直すの忘れてた。まだ朝だっていうのに、もう残りの充電量はスカスカだ。

とりあえず昨日オズに借りたＡＣアダプタに接続してみたが、朝食を食べて観光に出発するまでの間にどれだけ回復することやら。

「んっ……アキ、どうしたの？」

「オズ」

振り返ると、寝起きのオズがいた。

身支度している最中なのだろう、山吹《やまぶき》色の髪は毛先が乱れ、とろんとした目つきで歯ブラシを口に突っ込んでいる。

「あー、充電器なんだけどさ。携帯バッテリーって持ってきてるか」

「ううん。まあフル充電なら移動中に切れるほどヤワじゃないし。いつも複数台持ち歩いてるから、わざわざ重いバッテリー持ち歩かないんだよねぇ」

「なるほど……」

「スマホの充電切れたらいつでも言ってよ。ひとつ貸してあげるからさ」

「ああ。そんときは頼む」

朝食の時間ですこしは充電できるだろうし、そもそも観光中は常にオズと同行するんだ。特に大きな問題は起こるまい。


と、朝から締まりのない始まりだった今日、修学旅行二日目。

我が班の行き先は清水寺《きよみずでら》である。

移動に使ったタクシーから降りるとそこには、音羽山《おとわさん》の広大な自然に囲まれた、由緒正しさの具現化みたいな光景が広がっていた。

都会とは空気の質が違う。吸ってるだけで寿命が三年延びそう。

ここでひとつ鐘を鳴らせば、あたり一帯の邪念、悪霊のたぐいを一掃できそうな、不思議なオカルト的安心感がある。

「ついにきちゃった、清水寺。……ここが私と小日向《こひなた》君の運命を決める、大事な場所……！」

「縁結び……フフ。真白《ましろ》の、チャンス。彩羽ちゃんには、負けない……」

──むしろ邪念を引き寄せてないか、これ？

班の女子たちの表情がなんだか怖いんだが……。

なんて思っていると、くるりとこちらを向いた真白が早歩きで近づいてきた。

何のつもりだと身構える余裕など与えられないまま、真白はぎゅっと腕を絡《から》めてくる。

「お、おい、人前で何を……」

「は、はぐれないように。こうしてたい」

「……確かにえぐい観光客の人数だが」

言われて周囲を見てみると、昨日巡ったスポットと比べても段違いの人出だ。

やはり恋愛系の逸話で有名なことや清水の舞台といった名所の存在が大勢の人を惹《ひ》きつけるのだろう。

「恋占いの石、音羽《おとわ》の滝《たき》。恋愛成就を目指すなら当然。乙女の常識」

「だからって人前でこんなにくっつくことないだろ」

「嫌。せっかくのチャンスだもん」

イソギンチャクのようにへばりついたまま離れる気のない真白。可愛《かわい》い女の子に密着されて嬉《うれ》しくないと言えば嘘《うそ》になるんだが、さっきから班員たちが冷やかしの目で見てくるのがどうにも居心地悪い。

昨夜の王様ゲームの影響か？　真白の奴《やつ》、どうにも積極さを増してる気がする。

タクシーでの移動中も、男子と女子で車両を分かれている時間すら我慢できなかったのか、頻繁にＬＩＭＥメッセージを送ってきたし。無視するのも可哀想《かわいそう》だからと対応したが、おかげでスマホの充電はガンガン削れていた。

「そういえば清水寺って変なウワサあるよねーっ！」

「えっ、どんなの？」

やかましい高宮《たかみや》と素朴な舞浜《まいはま》の会話が聞こえてきた。

「カップルで清水寺デートすると別れるってウワサ！」

「恋愛成就で有名なのに？」

「カップルじゃなければＯＫ、カップルはＮＧなんだってさ。イミフでウケルよねーっ！」

「そういえば、仲睦まじい男女に嫉妬《しっと》する神様もいるって聞いたことあるよ。恋愛成就の神社でもそういうことあるんだね。……まあ、私と小日向君はまだ付き合ってないからセーフだけど」

「まー、でも言うてウワサっしょー！　真白ちん、気に也ずイチャイチャしたまえよ！　……って、おりょ？」

**「半径10メートル以内に近づかないで。きもい」**

**「いくらなんでも極端すぎないか？」**

急転直下の塩対応。

絡めていた腕をぺっと剝《は》がして距離を取ると、ゴミを見るような冷たい眼差《まなざ》しでこっちを見てくる。

デレデレされるよりもよっぽど真白っぽくて安心できるあたり、俺もだいぶ毒されてるよな。

距離を取りたいのは俺と仲良くし続けたい気持ちの現れ。嫌われてない。嫌われてないぞ。

だからショックを受けるな、俺。立ち直れ、俺。

「なあ大星《おおぼし》。何かあったのか？」

「見ただけでわかるか」

「そりゃまあ。……てか月ノ森《つきのもり》さん、めっちゃ遠くね？」

「半径10メートル以上を保たなきゃならんからな」

「嫌われたのかよ」

「滅茶苦茶《めちゃくちゃ》好かれてるらしい」

「はあ?」

ワケがわからない様子の鈴木《すずき》。まったくもって正常な反応だ。

事実は小説よりも奇なり。真実を話しても理解してもらえない主人公みたいだな、いまの俺。

……全然カッコよくないけど。

*

「やっちまった……」

数十分後、俺は頭を抱えて絶望していた。

何か今日、同じセリフを使うの二度目な気がするけど……気のせいか。

充電が切れて真っ黒になった画面に反射する自分の面《つら》の、何と情けないことか。

右を見る。観光客らしき大人の日本人カップルが「YEAH《イエア》!」と記念写真を撮っている。

左を見る。観光客らしき大人の外国人カップルが「風流デスね」と滝に向け合掌《がっしょう》している。

国内よりも海外の人のほうが侘《わ》び寂《さ》びを尊重してるように見えるのは気のせいか?

まあたまたま視界に入った人がそうだっただけだろう。……たぶんそう。きっとそう。

というわけで周囲を軽く見回してみたわけだが、さっきから目に入るのは固有名詞のわからない赤の他人のみ。これが何を意味するのか、もうおわかりだろう。

そうです。迷子です。本当にありがとうございました。

真白もオズも鈴木も高宮も舞浜も、班員の姿はどこにも見当たらない。

通話して待ち合わせ場所をすり合わせようと思ったが、混雑のせいで電波が不安定なのか、なかなか繋がらず……何度もリトライしてようやく繋がったと思ったら、大してすり合わせもできないうちに電池切れ。

とにかく前に進めばいつか合流できるのではと、途中の観光スポットにも一切《いっさい》目もくれずに班員の背中だけを探して闇雲《やみくも》に歩いてきたが、場内地図によれば結構奥のほうに位置しているはずの音羽の滝までやってきてもまだ合流できなかった。

詰んだ。

この広大な清水寺の敷地で、どうやって合流すりゃいいっていうんだ。

確かに思い返せばフラグは立っていた。

清水寺に押しかける観光客の密集っぷりはゾンビパニックもかくやというレベルだったし。

そこにきて真白から10メートルは離れろと、背中を見失いやすい条件を課されたわけで。

スマホの充電があっという間に限界を迎えたのも、今朝《けさ》からの一連の流れからして想定できた事態だ。

混雑っぷりを見た瞬間にオズからスマホの別端末を借りていれば、こんなことにならなかったのに。

真白とは楽しい修学旅行にしようって約束したばっかりなのになぁ……。

何やってんだか、俺。

――っと、後悔は三分まで。

それ以上は時間の無駄でしかない。

とりあえず帰り際に必ず通るであろう正面出口で待機しておくか。

せっかくの修学旅行で観光できないのはもったいないが、合流できずに取り残されるリスクは取れん。音羽の滝で待機って手もあるが、あいつらがここまで来るとも限らないしな。

……まあいいさ、生涯最後の京都ってわけでもないだろう。

来たくなったらまた来ればいい。それこそ《5階同盟》全員で、あらためて観光に来ればいいんだ。そうすりゃ学年の違う彩羽も、取り残されることなくみんなと一緒に楽しめるしな。

うんうん、この迷子は次の楽しい計画への布石だったと前向きに捉《とら》えよう！

何事もポジティブに考えれば未来は明るい！　ハッハッハ！　……はぁ……。

空元気《からげんき》も一瞬で消え去り、ため息を漏《も》らしたそのときだった。

「お、大星君……？」

「ん？　その声……」

聞き覚えのある声に顔を上げる。

なんてこった。絶望の中に降臨した女神か何かか。いや、神という概念をたとえに出すのは寺を巡る人間としてはＮＧか？　……よくわからん。

何はともあれ。目の前に現れたその女子生徒を見て、俺としたことがテンションが爆上がりしていた。

「翠《みどり》部長！　マジか！　ここで翠部長に会えるとか奇跡かよ！」

「えっ。えっ。ちょ、なに⁉」

目の前に現れた学年屈指の優等生、修学旅行実行委員長、『真面目《まじめ》』という材料を煮詰めたものを『真面目』という皮にくるんで『真面目』という皿にトッピングした『真面目』料理を過剰に摂取してカロリーバランスを崩してるんじゃないかと疑いたくなる超絶怒涛《どとう》の生真面目《きまじめ》人間――翠の手にすがるように握りしめる。

助かった。マジで助かった。

「いや実は班員とはぐれちまってさ」

「確かに……大星君、ひとりだね」

「ああ。この混雑に巻き込まれて見失ってな……。迂闊すぎた。しっかり者の翠部長なら絶対やらないようなミスだから、ちょっと恥ずかしいな」

「うっ」

「……ん？　どした？」

「あー、うん、そ、そうだね。私なら、やらないミス、だった、ね……」

目を泳がせまくる挙動不審な翠。

その仕草で俺も察した。

翠の班の生徒の姿……どこにもないじゃん。

「あー、すまん。翠部長に当てつけるつもりだったわけじゃないんだ」

「言わないで！　普段から委員長気取ってリーダーシップ完璧《かんぺき》な顔をしてるくせに文化遺産の綺麗《きれい》さに見惚《みと》れてるうちに置いて行かれたみじめな私を直視させないでぇ！」

「お、おう。すまん。いろいろ大変だったんだな」

「ううっ……私としたことが……堕落の極《きわ》み……一生の不覚……」

「しかし、そうなるとまいったな」

翠部長まで迷子状態ってことは、班に混ぜてもらって移動するのも不可能か。

「こうしてなすすべもなく迷子になってるってことは、翠部長も、スマホの充電が切れてるか、持ってきてないかのどっちかだよな？」

「え、スマホ？」

「ああ。班の仲間に連絡を取れば合流できるはずなのにしてないってことは、そういう事情があるんだろうなと。……ちなみに俺はこの通り、電池切れしちまっててさ」

「スマホで合流。あー、混乱してたからすっかり発想から抜け……ッ」

途中でピクリと翠の唇が痙攣《けいれん》し、言葉が途切れた。

「ど、どうした？」

「待って。いまＩＱ３００の高速思考中だから」

「お、おう」

ＩＱ３００って言葉の響きがすでにＩＱ低そうだけど大丈夫か？

「大星君はひとり。私もひとり。私のスマホも電池切れってことにしたら、状況が状況だから仕方ないよねっていうテイでこのまま二人で清水寺を回れるわけで」

めっちゃ小声で高速詠唱してる。目のハイライトも消えててこええよ。

「み、翠部長。大丈夫か、何か様子がおかし——」

「大星君!!」

「お、おう。なんだ？」

「大変遺憾《いかん》なことに私のスマホも充電切れなの。大変遺憾なことに」

「あ、ああ、うん。だよな。そうじゃなきゃ迷子になったままひとりでいるわけないもんな」

「そうだよ。こうして私がひとりこの場所でオロオロしてたのが証拠！　スマホの充電が充分だったらそんなことありえる？　……いや、ない！」

なんでわざわざ反語に？

翠の意味不明な挙動に首をかしげつつも、心のどこかでホッとしている自分がいた。

慣れない土地で孤独ってのは心細いもんだ。他にもうひとりいるだけで、ずいぶんと気が楽になる。

「このまま孤立するのは得策じゃない。一緒に行かないか？」

「そ、そうだねっ。仕方ないもの！　これは不可抗力っ！」

「よし、それじゃ行こう。入口に」

「えっ。入口？　なんで？」

「班の連中と合流するには絶対に通る入口にいるしかないだろ？　歩き回ったら、あいつらと合流できないリスクのほうが高いし」

「だっ……駄目！　それは駄目！　ちゃんと観光しなくちゃ！」

意外な食い下がり方をされた。

体の前に京都観光マップと修学旅行のしおりを構え、ぐぐとこちらに迫ってくる。

「そ、その心は？」

「大星君、憶えてないの⁉　修学旅行は終わったら観光で学んだことをレポートして提出するんだよ？　しっかり全部回らないと書けないでしょ！」

「いやいまの時代、ネットで調べればいくらでも情報は落ちてるわけで……」

「怠惰《たいだ》！　不真面目！　論外！」

「くっ……正論っちゃ正論なんだがな……」

「修学旅行はただの旅行じゃないの。我が目、我が身で直接文化を学び、自らの血肉にする。書物や教科書、ネットの情報だけで得られる知識とは違った、生の知見を得るための機会なの。疎《おろそ》かにしちゃ駄目！」

「わかった。わかったから。あんまり興奮するな」

「誰《だれ》が大星君に興奮してるっていうの⁉」

「そういう意味じゃないから落ち着け」

「あだっ」

ツッコミとともにチョップを軽く叩《たた》き込《こ》んだ。

物理攻撃はどうかと思ったが、この神聖なる神社で脳内桃色暴走機関車である翠をこれ以上野放しにしておくわけにはいかなかった。

それにしても、どこまでも真面目・オブ・真面目な委員長気質だ。

イレギュラーな事態だってのに、学校からの課題を優先するとは。

「翠部長が回りたいのはわかった。それじゃせっかくだし……一緒に回るか？」

「そ、そうだね。大星君と二人きりなんて何されるかわかんなくて不安だけど、この際、贅沢《ぜいたく》言ってる場合じゃないもんねっ」

「嫌ならべつにここから別行動でもいいけど」

「だ、駄目っ。大星君、ひとりだと施設を巡らないで帰る気でしょっ。私の目の黒いうちは、絶対に許さないよ！　それに……」

さんざん興奮気味に声を荒らげた後、翠は急に静かになった。修学旅行のしおりを俺の胸に押しつけたまま、上目遣《うわめづか》いで、小さくつぶやく。

「月ノ森さんと恋人同士じゃないなら……私と二人で行動しても、倫理的に問題ないでしょ」

「まあ……そうなるな」

「でしょ。だから――」

俺に恋人がいるからって迷子同士で行動しても浮気《うわき》だなんだって話にはならないと思うけど。

そこを気にするのも真面目な翠らしさってことなんだろう。

ワンステップ。跳ねるようにパッと距離を取ると、翠はポニーテールをくるりと躍らせて、こっちに手を差し出した。

「――行こっ」

「……おう」

これは旅行気分が見せた幻覚ってやつなんだろうか？

語尾を跳ねさせた翠の笑顔が、優等生らしさゼロ、どこにでもいる普通の、屈託《くったく》のない女子の笑顔に見えた。

＊

俺と翠はまず手近な場所――いままさにいた音羽の滝を堪能することにした。

列に並んで順番を待ち、ようやく俺たちの番。柄杓《ひしゃく》を手に、三筋に流れる小さな滝の前に立つ。

清水寺の説明によれば、この滝の水を飲むことでご利益《りやく》を得られるという話だが――……。

「確かそれぞれべつのご利益があるんだったよな？」

「うん。右が延命長寿、真ん中が恋愛成就、左が学業成就」

さすがは翠、訊《たず》ねたら秒で答えが返ってきた。

俺なんて大まかにこの滝の水の別名が延命水とか黄金水だってことくらいまでしか知らなかった。

翠に対してその知識を迂闊に披露しようものなら、単語が単語だけに、ひどすぎる過剰反応をされて風評被害を生みかねないので何も言えないのだが。

「大星君はどれにするの？」

「そうだな……まあ、普通に延命長寿、かな」

学業は正直、自分自身の努力でどうにかするしかないと思う。恋愛も然り。天からの恵みを期待するものでもないだろう。

健康も同じと言えば同じかもしれないが、喫煙しまくり飲酒しまくりで長生きする人間もいれば、毎日運動して規則正しい生活をしていても早死にする人間もいるわけで。他二つと比べ、運の要素がかなり大きい気がする。

「翠部長は？」

「えーっと。その……ま、真ん中……かな」

「へえ、意外だな。学業成就じゃないのか」

「馬鹿《ばか》にしないでよ。私のこと勉強キャラとしてしか見てないからって！」

「いやそういうわけじゃないぞ」

思い込みが激しいキャラ。演技が棒読みだったキャラ。意外と性知識豊富なキャラ。

多角的な角度から影石《かげいし》翠というキャラを見ている自信がある。ただ――……。

「ただ、恋愛成就は意外だった。恋愛とか興味ないタイプだと思ってたからなぁ。特進クラスの誰かか？」

「うっ……お、大星君には関係ないでしょ！」

「そりゃあ、もっともだな。すまん、踏み込みすぎた」

「……。か、勘違いしないで。べつに特進クラスに好きな人がいるわけじゃないから」

恋愛の話題に耐性はないのだろう翠は、顔を真っ赤《まか》にしながら言う。

「た、滝のご利益には隠れた意味もあるの。真ん中の恋愛成就の滝は、縁結びだけじゃなくて、美容に効果があるって話で。必ずしも、好きな人と結ばれたいから飲むとは限らないのっ。い、いい？　わかった？」

「わかった。わかったから柄杓をこっち向けるなっ」

罰が当たりそう。

というか恋愛成就じゃないとしても、美容効果を期待してるってだけでも意外だっての。

……美容効果か。あとで茶々良《さ　さら》にも教えてやるかな。あいつこういうの好きそうだし。

「あ、そうだ、隠れた意味といえば」

翠がふと思い出したように言う。

「学業成就には、出世や仕事の成功に繋がる、ってご利益があるらしいよ。……大星君なら、そっちのほうが魅力的なんじゃない？」

「あー……いいな、それ」

神様に頼るまでもなく《5階同盟》を成功に導くつもりではあるが。

ちょっとくらいお祈りバフをかけるのも悪くない。

「サンキュ。これにするよ」

俺は左側の滝の前へ行くと、柄杓の中に水を溜《た》めた。濁りのない透き通った水を口に含むと、ほのかに甘く、冷たくも温《ぬる》すぎもせず、胃の中にすっと流れ込んでいく感覚があった。

健康志向で水や白湯《さゆ》のたぐいを愛飲する俺である。水の質を測る舌には多少自信があるが、さすがの黄金水、格別だ。

こんなセリフを口にしようものなら翠から「へ、変態……」とガチ引きされそうだが、本来ないはずの意味をネット文化が付与しただけのスラングと伝統的な日本語を混同して捉える翠が悪いのであって、けっして俺は悪くない。……いや待て、これ全部俺の思考の中だけで完結させてるってことは、いまのところ悪いのは俺だな。すまん、日本文化。

「よし、終了。そっちはどうだ？　翠ぶ——」

部長、と言いかけた言葉が途切れる。

声をかけたら無礼……自然と、そう思えてしまったのだ。

顔の横の髪をかきあげて、目を閉じて、丁寧な所作で柄杓に口をつける翠の姿。髪を一本に縛っているのも相まって、神仏分離できてないごちゃ混ぜ思考の俺には、彼女が、神聖な儀式の最中にある巫女《みこ》のように見えた。

白い喉《のど》が微《かす》かに動き、口の中のものをこくんと嚥下《えんげ》して。

ふと、閉じていた目が開いた。

「……？」

柄杓に口をつけたまま、横目でこっちを見てくる翠と目が合った。

「……ッ！」

翠は反射的にふたたび目を瞑《つむ》り、ぐいっと柄杓の水を飲み干した。

その豪快さたるや菫《すみれ》の如《ごと》し。やはり影石は酒豪の系譜、いずれ合法的に酒を飲める日が来たら、第二の紫式部先生《むらさきしきぶせんせい》になる未来を予感させる見事な飲みっぷりだった。

飲み終えた翠はぶはぁっと息を吐き出し、ぜえぜえと息を荒らげて俺に詰め寄る。

「あ、あぶな、噴き出さずに済んだ。ちょっと大星君！　なんで私が飲んでるところをじっと見てるの⁉」

「す、すまん。絵になってたもんだから、つい」

「み、見惚れてたっていうの？」

「ある意味では……で、でも、違うからな？　お前に変態呼ばわりされるような意味じゃないからな？」

「べつにそういう意味でも、いいけど……」

「え？」

「な、なんでもない！　チラチラ見るなんて変態！　ケダモノ！」

「どっちなんだよ⁉　……あっ、はい」

翠と言い合っていると、後ろから肩をちょんちょんとつつかれた。

しまった、順番待ちがいるのに長居しすぎたか。すぐに謝ろうと思って振り返る。

「あ、すみませ──」

「……え？」

「Hey Guys!!（ちょっとええか？）」

なぜか米国人風の男性が、滅茶苦茶イイ笑顔で挨拶《あいさつ》してきた。

「Is it a rumored Japanese Tsundere Girl？ KAWAII!!（これが噂《うわさ》の日本のツンデレ少女ってヤツかいな！　くっそかわええやんけ）」

表情からして友好的なのは間違いない。和訳したら関西弁になるレベルの陽気さだし。

とはいえ、生の英語を聞くことに慣れていない俺としては、何を言われているのかもわからない。カワイイ、って単語が聞こえた気もする。褒め言葉ではあるものの、観光地で無差別に女性を褒めるってのは、ナンパの可能性もあるわけで。

俺はとっさに翠の手をつかむと、その米国人風の男性に向けて勢いよく頭を下げた。

「Sorry！ I can't speak English！（すみません！　英語しゃべれません！）」

「ちょ、大星君!?　私はしゃべれるよ!?」

「順番、待たせちゃってすみませんでした！　それじゃ！」

列に並んでた人たちにも謝りつつ、俺は翠の手を引き、早足でその場を離れた。

「Good luck to lovers forever.（お二人さん、末永《すえな》う幸せにな～）」

最後に背中に投げかけられた言葉の意味もわからないまま走っていき、奥の院の前で来るとようやく立ち止まった。

急に走って、急に上がった心拍数を、ぜえはあと肩を上下させて整える。

同じように額に汗を浮かべた翠は、息を切らせながら訊《き》いた。

「はあ、はあ……大星君、たぶん勘違いしてるよ。あの人、普通に楽しく話しかけてくれてただけだと思う」

「はあ、はあ……なんだ。翠部長はわかるのか？」

「うん。英会話はマスターしてるから」

「英会話も、の間違いだろ」

むしろ何ならマスターしていないんだろうか。

「アニメオタクで日本旅行を楽しんでたんだと思う。私の態度がツンデレ少女に見えて、日本では現実でもツンデレがいるんだーって感動したんじゃないかな。……私たちのこと、カップルだと勘違いしてたみたいだし」

「あー……そう見えなくは、なかったかもなぁ」

ツンデレ。と、その単語を聞かされると、確かに翠の言動はそれっぽい。

アニメとの致命的な違いがあるとすれば、翠の場合はガチでケダモノ扱いしてるところだけどな。

「さっきの人には悪いことしちまったな。てっきり翠部長がナンパされてるのかとばっかり」

「珍しいね、大星君が勘違いで暴走するなんて。いつも冷静なのに」

あはは、と笑われる。

勘違い妄想暴走機関車の代名詞である翠の迷いに笑われるのは複雑な気分だった。

「仕方ないだろ。もし危険だったら、一瞬の迷いで取り返しがつかないこともある。……翠部長でギャンブルしたくなかったんだよ」

「大星君……」

つぶやきながら翠は、さっきまで俺と繋いでいた、自分の手のひらをじっと見下ろしている。

……ヤバい。やらかした、俺。咄嗟《とっさ》のこととはいえ、思いきり翠の手を握ってしまっていた。怒られる流れじゃなさそうなのでホッとしつつも、彼女の中では何か思うところがあるんだろう。

「すまん。嫌だった、よな？」

「…………。ううん、全然。自分でも、ビックリするぐらい、全然」

「そ、そうか」

いままで見たことがないような反応だった。

肩に触れただけで人をケダモノ扱いしていた翠の意外な表情に、何だか妙な気分になる。

この空気を引きずったままは、気まずいよな。

ふぅー、とひとつ息を吐く。

そして何も気づいていない、気にしていない、フリをして、普段と同じ表情を繕《つくろ》って、翠に言った。

「ほら、次行くぞ、次。学を修めるための旅行なんだろ」

「……うん」

手のひらを軽く握り直すと、翠は顔を上げた。

さっきまで前例がなさすぎて何を考えているかいまいちわからなかった彼女の表情はガラリと変わって、底抜けに明るく染まっていて。

「行こっか、大星君！」

皮肉なことに、そんな翠の反応もまた、いままで見たことがないようなもので。

俺の妙な気分は変わらないままだった。

＊

奥の院から阿弥陀堂《あみだどう》を順繰りに見ていき、次に俺たちが向かったのは地主神社《じしゅじんじゃ》だった。

なんで寺院に神主が⁉　と驚くことなかれ、実はこの清水寺と地主神社、日本独特の信仰の形である神仏習合の象徴めいた存在なのだ。聖地としての不思議な魅力に惹きつけられるかのように、この場所にも信じられない量のカップルがいる。

目当ては当然、恋占いの石。

しめ縄をまいた石が二つ、10メートルほどの距離を空けて向かい合っている。片方の石から反対側の石に向かって目を閉じて歩き、無事にたどり着ければ縁結びのご利益を得られるらしい。

科学的根拠などありはしない、何とも迷信めいた話だと思う。

「だから元気出せって。な？」

「そ、そうだよね！　科学的根拠なんてないもんね⁉」

「ああそうだ。一歩目から目的地と90度ズレた方向に歩き出したんだとしても、縁結び失敗が確定したわけじゃない」

「だよね！　私の恋はまだ始まったばかりだよね⁉」

「翠先生の次回作にご期待ください的な言い回しになってるぞ」

というか、さっきは美容のためであって恋愛のためじゃないと言ってたような。

翠は立ち上がると周囲を慌ただしく見回して、ビシィ！　と瓦《かわら》ぶき屋根の建物を指さした。

その建物の看板には、恋みくじ、と書かれている。

「おみくじを引いたら良い結果が出るかも！」

「お、おう、そうだな」

「巫女さん、おみくじをっ。おみくじをくださいっ」

女性客で賑《にぎ》わう授与場。じれったそうにしながらも、当然割り込んだりせず礼儀正しく順番を待つ。

あまりに必死な形相《ぎょうそう》にクスクスと親しみを込めた清楚《せいそ》な笑みを浮かべる巫女さんにお金を払い、おみくじをいただいた翠は、いくよ、と、俺の前で緑色の勇者が聖剣を抜くかの如くそれを開封してみせた。……翠だけに、なんてくだらない冗談が脳内をよぎる俺の前で、翠の顔が、緑ならぬ青に染まっていく。

「そ、そんな……」

よほどショックだったのか、絶望的な表情でへなへなと膝《ひざ》をつく翠。

その手からひらひらと舞い落ちたおみくじを拾い上げる。

「おみくじぐらいでンな大げさな」

「大げさなんかじゃないの……大凶で……」

「大凶だとしても、せいぜい帰り道は怪我《けが》に気をつけましょうねぐらいの内容だろ？」

「違うの。そんなちゃちなものじゃ断じてないの」

「はいはい。翠部長は毎回リアクションが大きいんだよなぁ」

やれやれ大げさな奴だ、と苦笑しながら紙切れを開き、その中身を見てみると――……。

**大凶：あなたは生きて帰れません**

「死の宣告!?」

こんな容赦ない神のお告げ初めて見たよ。

「どうしよう私、きっとこの修学旅行で死んじゃうんだ！　何もかもうまくいかなくて、絶望に暮れながら散っていくんだーっ！」

「落ち着け！　死なないから！　平気だから！」

「うそだよ！　だっておみくじに書いてあるもん！　生きて帰れないって書いてあるもん！」

「おみくじの結果なんて嘘に決まってるだろ！　当たりやしないんだから忘れろ！」

「大星君、神社の人に聞こえる大声でそういうこと言っちゃ駄目！」

「お前を慰めるためだろおおおおおおうごめんなさい神社の方々‼」

猛烈なツッコミからの流れるような礼で謝罪を決める。

売場にいた巫女さんたちはそんな俺たちを見て、かわいいカップルですねぇ、と京都なまりで言い、笑ってくれていた。

よかった、許してもらえた。

…………。

京都なまり入ってると本当に許してくれてるのか不安になるが、それは偏見だよな……？

それにしても音羽の滝やら地主神社やら恋愛成就のスポットを回っていると、気づいたことがある。

観光客のウケが恐ろしいほど良いのだ。

おみくじの結果で一喜一憂したり、恋占いの石で盛り上がったり。恋愛に対して関心の高い人間がこれほど多いのかと、あらためて驚かされた。

カップルで訪れている観光客の何名かは、ゆっくりできる場所で天地堂《てんちどう》の有名ゲームハードであるBOTTAN《ボタン》を取り出し、モンスターを狩るゲームで遊んでいたりして。

――ああ、やっぱり。感覚では気づいてたけど、実際そうなんだな。

と、気づかされる。

ゲームユーザーの中にはオタク層以外――より一般的な層のユーザーも大勢いて、その人たちを遊ばせられるかどうかで、大ヒットの壁を突破できるかどうかが変わってくる。と、頭ではわかっていても、肌身で感じる機会はそうなかった。

やはり俺自身、ひと皮むけるためにも、より一般的な感覚を養う必要がありそうだ。

「ついに来ちゃったね、大星君。清水寺の中枢……清水の舞台で有名な、あの――」

「ああ、来ちまったな。――本堂に」

いろいろと構内を回った俺と翠の前に、これまでに巡ったどの建物よりも圧倒的な威容を誇る木造建築が待ち構えていた。

「結局、誰とも合流しなかったな」

「そ、そうだね。どこかで行き違いになってるのかも。あは、あはは」

「まあいいけどな。翠部長と回るの、なんだかんだで結構楽しかったし」

「た、楽しい？　どど、どうして⁉」

「ネットには載ってないレベルの豆知識を披露してくれたり、歴史的な背景とかも語ってくれたからさ。純粋に勉強になるなって」

ピンクな話題の知識を饒舌《じょうぜつ》に語る翠を見て、結構アレな奴なのかもしれないと疑惑を持った自分が恥ずかしい。

そういう分野じゃなくてもしっかり饒舌になってる姿を隣で見て確信した。

彼女はあらゆる分野で博識なだけ。ピンクな話題ばかりフィーチャーされがちだったのは、彼女が悪いんじゃなくて自然とそういう流れになってしまう周りが悪かったのだ。

鏡みたいなモノなんだろう、影石翠という女の子は。

……いや。案外、誰でもそんなもんだったりするんだろうか？

たとえば俺にだけウザい連中が多いのは、俺がそもそもわりとウザめだからとか、そういう。

ヤバい。何かそんな気がしてきたな……凹《へこ》む。

「大星君、変わってるね」

「凹んでるときに追い打ちはやめろ」

「そうじゃなくてさ。私が雑学を話しても、ほとんどの人はあんまりちゃんと聞かないから。

興味深く聞いてくれるんだなって」

「知的好奇心は誰にでもあるものじゃないのか？」

きょとんとして、そう言った。

翠におべっかを使ったつもりはない。知らないことを知れたら楽しいって感覚は誰にでもあると、本気で思ってた。

しかし翠はぱあっと表情を輝かせて。

「だよね！」

と、前のめりで声を弾ませながら言う。

「知らないこととか、疑問をそのままにしておくと気持ち悪くて、つい調べちゃって」

「あるある。最初はネットで調べるんだが、使えない釣り記事みたいなものも多くてな」

「そうそう。良質な記事に当たるまで探したりね。最近はそれだとまどろっこしいから、その題材に詳しい人の本を最初から買っちゃうこともあったり」

「わかる。専門的な本の電子化がもっと加速したら、すっげえ使うようになりそう」

「うんうん。海外の論文とか記事を探すのも楽しいよ。マニアックな研究結果とか眺めてるといつの間にか時間が過ぎちゃう」

「海外の記事まで⁉　さすがにそこまでの時間は取れないな……」

「自分でも駄目だとわかってるんだけど、つい好奇心に負けちゃって。くだらない情報も多いから、大星君みたいに忙しい人にはオススメしないかも」

「面白《おもしろ》い話だけなら知りたいけどな。……いや待てよ。翠部長の口から聞けば効率的に面白い話だけを聞けるな」

「ちょっと、何それ。私をメディア代わりに使う気?」

「殿様すぎたか。ははは」

「ホントだよ、もう。これだから大星君は」

腰に両手を当てる委員長仕草(滅茶苦茶似合う)で、ぷんぷんと怒ってみせる翠。

それからふいっと目を逸《そ》らして、ぼそりとつぶやく。

「大星君がそうしたいなら……たまに付き合ってあげても、いいけどねっ」

「おう。たまに頼むわ」

「……ふふ。うんっ」

怒り顔がパキンと砕けて、明るくうなずいてみせる。

観光にはしゃぐ高宮や舞浜、甘い物を食べてるときの茶々良のような素直な笑顔。こういう顔を見せる話題としてはいささか真面目すぎた気もするが、それでこそモンスター優等生か。

翠とは演劇部の件や、何かしら用事があるときにしか会話してこなかったから、すこし新鮮な気分だった。

こうしてプライベートに限りなく近い会話をしてみて初めて気づいたが、俺と翠はわりと話が合うかもしれん。

忙しさにかまけていたままじゃ絶対に気づかなかったことだ。

と、そんなしょうもない会話をしつつ、俺と翠は木の床を踏んで歩いていき、崖に突き出した桧舞台《ひのきぶたい》の端までやってくる。

混雑の海を掻《か》き分《わ》けてようやくたどり着いた、欄干《らんかん》のギリギリ、際《きわ》の際。

「うわぁ、すごい！　すごいよ大星君！」

「ああ……コイツは絶景だ」

「地面までだいたい13メートルぐらい。飛び降りるなんて絶対無理だよね」

「清水の舞台から飛び降りる、だっけか？　ことわざになるだけあって、迫力あるよなぁ」

誰が見ても無理だと思えるからこそ、大勢の共通認識になり得たんだろう。

桧舞台から見下ろす音羽の山。赤々と茂る紅葉がビロードのように敷かれている。向こう側には京都の街。

観音様《かんのん》に奉納する場としてこのロケーションを指定するとは、最高のおもてなし精神だ。

ただひとつ、残念なことがあるとしたら――……。

「写真、撮っておきたかったなぁ」

「え？」

思わずつぶやいた素直な感情は、すぐさま翠に拾われた。

俺のほうを振り向いて、瞬きしている。

「あんまり綺麗な風景だからさ、土産話ついでに写真を撮っておきたかったなぁと」

彩羽や巻貝《まきがい》なまこ先生。《5階同盟》の仲間たちにも、この修学旅行の思い出話をしたい。

まあ俺の一方的なエゴなんだが。

この感動を共有するっていうのも、仲間同士のコミュニケーションとしてアリっていうか。

……難しいこと抜きに、そうしたいと思えた。

「撮ればいいいんじゃない？　私、大星君がピンスタ映え意識してる～とか、からかったりしないよ？」

「ンな心配してねえよ。……そうじゃなくて、スマホの充電切れてるし」

「あ……」

スマホの充電でやらかすとは思ってなかったからな。スマホで充分だと思っていた俺は当然、デジタルカメラなんて持ってきていない。

と、俺はここでハッとして翠の顔を見返した。

余計な発言だったかもしれん。

充電を切らしていたのは俺だけじゃない。翠も同じだ。

捉えようによっては、翠を責めているようにも聞こえてしまいかねない言い方だった。

その証拠に翠は、悲しそうに眉尻《まゆじり》を下げて、唇を噛《か》んだまま、何も言わなくなってしまっている。

「おっと、悪い。盛り下がるようなこと言っちまった」

「ううん。悪いのは私だよ……」

首が振られると、束《たば》ねられた髪の房が左右に揺れた。

しばらくの間、迷っている様子だったが……すぐに何か決意を固めたかのように勢いよく顔を上げた。

「大星君ッ」

「ん？　……うおっ⁉」

清水の舞台に、風が吹いた。

さぁぁ……っと、連なる木々が一斉に葉擦《はず》れの音を鳴り響かせ、一色の赤がさざ波のように揺れる。

「すごい風だったな。大丈夫か？　翠部長――」

あまりに強い風に突然煽《あお》られて、一瞬閉じてしまった目を、ふたたび開ける。

すると。

髪を派手に舞わせる規模の突風にも微動だにせず、しっかりとその目を開いたまま。

カメラ機能を起動させた状態のスマホを、こちらに差し出していた。

「……え？」

「これ、使って。撮ったら、ＬＩＭＥで送ってあげるから」

「ありがたい、けど……あれ？　でも確か、翠部長も……」

充電切れてるって、話だったような。

そんな疑問を俺が口にするよりも先に、翠は俺の手をつかんで、強引にスマホを握らせた。

「ごめんなさい！　私、嘘ついてた！　見ての通り！　スマホは無事！　充電90％！」

優等生の残量だった。

本当に必要なとき以外、ほぼ使っていない――そうでもなきゃあり得ない数字である。

「そ、そうか。でもなんで、わざわざそんな嘘を……」

「ね、ねえ、大星君。大星君、嘘ついてたんだよね？」

「……は？」

質問を質問で返された。

「――月ノ森さんとは付き合ってないし、お姉ちゃんと婚約者でもないし、ハリウッドのプロデューサーでもないよね？」

「ああ、それは昨日話した通りだが。それとこれと何の関係が……」

「だったら……私にもチャンスがあるってことだよね？」

「……！」

それと、これが、繋がっちまった。

彼女が何を言おうとしているのか、どんな感情を俺にぶつけようとしているのか、察せてしまった。

「大星君と一緒に……ううん。二人きりで、過ごしたかったから!!」

そしてその予想は、寸分違《すんぶんたが》わず、的中してしまった。

「本当は最後まで隠し通そうと思ってた。でも、残念がってる大星君を見てたら……無理だよ。罪悪感に耐えられない！　私が嘘をつかなければ、大星君の思い出を残してあげられるのに。ここで黙ってるのは……私には無理！　だからこれ、使って！」

「あ、ああ……」

握らされた、翠のスマホ。困惑しながら桧舞台の上からの景色に向けて、シャッターを押す。しかしさっき網膜にあれほど強烈な印象を残していた清水寺の風景は、すこしだけ色あせて見えた。

仕方ないだろ。それ以上のインパクトが、もっとすぐ近くにあるんだから。

いまこの瞬間、この場にいる誰よりも、清水の舞台から飛び降りる、って言葉にふさわしい奴が、そこにいるんだから。

「満足に撮れた?」

「ああ……ありがとな、翠部長」

茫然《ぼうぜん》としながら翠の手にスマホを返す。

そのときわずかに手と手が触れてしまい、俺はいままで怒られてきた本能でビクッと震えてしまう。

けれど翠は、セクハラだ！　と叫び出すこともなく。

「よかった。……うん、やっぱり嫌じゃない。物を使われても。手が触れても」

「あー……なんだ、その、翠部長。こんなこと言うのは、野暮《やぼ》かもしれないが……やっぱり、
翠部長は、俺のことを……」

「時間切れ」

「え？」

「大星君の班だよね、あれ。残念、合流できちゃった」

翠は、ちら、と後方を見ながら言った。

視線の方向からは俺たちのほうへ大きく手を振っている高宮と、彼女に手を引かれて、こっ
ちに向かってきている真白。その後ろからオズ、鈴木、舞浜が続いていた。

「今夜、消灯直前の自由時間に、ホテルの展望テラスに来て。いまの話の続き、させてほし
いの」

「……わかった」

「ありがとう。それじゃ、私も自分の班と合流するね」

充電充分なスマホを軽く振ってみせ、翠はこの場を離れようとする。

……が。一瞬、立ち止まって。

「大星君のせいで、悪い子の修学旅行になっちゃった。……でも、ありがとう！」

そう言い残して、今度こそ彼女は走り去った。

馬の尾みたいになびく髪、その後ろ姿を、俺は茫然と見送ることしかできなかった。

＊

清水寺を出て、次の目的地へ向かう途中のタクシーの中。

窓の外を眺めながらも、俺が頭の中に浮かべてしまうのは、京都の街並みよりも、不可解な嘘をついた女子生徒の顔。

班員との合流で有耶無耶《うやむや》になったが、あれはあきらかに告白ムードだった。

俺の自意識過剰……じゃない、はず。

だってそうだろう？

スマホで連絡を取ればいつでも班の仲間と連絡を取れたのに、俺と一緒に回りたいからって、わざわざ充電が切れてるなんて嘘ついてたんだ。

もしも影石翠というひとりの女の子が、効率的に、合理的に、恋愛を成就させたいのなら、当然そうする。俺だってそうする……かどうかは、わからないけど。

真白の告白のときは唐突にＬＩＭＥで送られてきたから、不意打ちすぎて心の準備すらできてなかったけど。

たぶん、告白されるとしたら今夜だ。さっき翠に伝えられた待ち合わせ場所。それまでの間に心の準備と、自分なりの答えを見つけておける。

「驚いたよ。アキがまさか影石さんに堕《お》とされるとはね」

「確定事項みたいに言うな。さっきも説明したろ、翠部長も迷子になってたから、一緒に行動してただけだ」

「って、月ノ森さんには説明したみたいだけどね。僕の日が誤魔化《ごまか》せるとでも？」

「……ま、それもそうか」

ちらり、とバックミラー越しに助手席の様子を見る。

鈴木は寝ていた。

まったく、寝てるならホテルの部屋のときみたいにわかりやすくいびきをかいててくれよ。そうすりゃ確認する手間も省けたのに。

「今夜、もしかしたら告白されるかもしれない」

ヒュー、とオズの口笛が鳴る。

「本格的にラブコメ主人公顔負けのモテ男だね。異論は？」

「……もう否定する気はねえよ。主人公にしちゃあ、恋愛脳が足りなすぎるが」

「で、どうするの、その告白」

「それなぁ……」

ため息まじりに言いつつ、さっきのことを思い出す。

翠に良い雰囲気を出されたとき、俺は確かに——ドキドキと、心拍数を上げていた。

もしその感覚が恋愛感情とイコールなのだとしたら、俺はきっと翠のことが好きなんだろう。

そういうことになるんだろう。

だけどその現象なら彩羽や真白といるときにも、感じたことがあるわけで。

それどころか菫や音井《おとい》さんに対しても。

この感覚だけを根拠に、恋愛感情だとはどうしても思えない。

恋愛成就の占いに群がる恋愛脳なカップル観光客たちの姿を思い出す。

彼ら彼女らはどんな流れで自分の恋愛感情を自覚して、恋人同士の関係に至ったのだろう。

わからない。

でも、わからないとか言ってる場合じゃない、よな。

「俺って、誰が好きなんだ……？」

「クソみたいな発言だね☆」

「ホントそれな！　クソだと自覚はしてるんだよ……」

**「もう全員と付き合えばいいんじゃないかな」**

**「ギャルゲー的ハーレム脳やめろ」**

現実的にありえないから。日本は一夫多妻制を採用してないし。
そもそも俺程度の男に、複数の女の子を幸せにする器なんかあるわけないだろ。
何事も分相応。座右《ざゆう》の銘《めい》は、身の程をわきまえる、だ。

——夜まではまだ時間がある。

せいぜい全力で悩んで、考えて、脳の汁を限界まで搾り尽くして。
翠と正面から向き合うとしよう。
恋愛童貞の不器用野郎にできるのは、それくらいだ。

＊

『ちなみに清水寺の後、月ノ森さんはずっと様子がおかしかったそうな』
『そうだったな……』
『影石さんと二人きりでイイ雰囲気、目撃されちゃってるよね』

『たぶんな……』

『それなのにアキを問い詰めたりせず、なるべく普段通りに接しようとしてるあたりが、逆に他意を感じて怖いよね』

『いや、そういうわけでは……』

『…………』

『…………』

『…………』

『……いや、何か言えよ。沈黙こえぇよ』

『修羅場《しゅらば》乙（ニッコリ）』

しろみどり(2)

真白
清水寺を建てた人物は誰か、知ってる?

影石 翠
坂上田村麻呂

真白
正解

真白
じゃあその坂上田村麻呂はどんな人?

影石 翠
武芸にも計略にも優れた人格者で、征夷大将軍にも任命されてる

影石 翠
毘沙門天の生まれ変わりとも信じられてた

真白
さすが翠部長。即レス、即答

真白
そう、毘沙門天……武を司る神様なんだよね

真白
仕方ないよね

真白
清水寺であんなシーンを目撃しちゃうんだもん

真白
坂上田村麻呂で、毘沙門天だもん

真白

これはもう、戦え、って、神様がそう言ってるよね

影石 翠

月ノ森さんの気持ちはわかるよ

影石 翠

でも私も気づいちゃったから、いまさら後には退けないの

真白

翠部長。『おはなし』しようか

影石 翠

……いいよ。私はどこにも逃げない

影石 翠

時間と場所は？

真白

夕食後、入浴時間の前。ホテル内の卓球場で待ってる

影石 翠

わかった

影石 翠

ごめんね、月ノ森さん

影石 翠

でも、謝るのはコレで最後だから

真白

…………

真白

りょ

interlude

Tomodachi no imouto ga ore nidake

# 幕間●●●●●真白と翠

菫《すみれ》先生が生徒のために死ぬ気で手配してくれたこのホテルは、人はパンのみにて生きるにあらずの精神で運営しているのかどうかは知らないけど、豪華な食事、温泉のみならず、さまざまなレクリエーション施設を内包していた。

卓球場もそのひとつだ。

夕食後。真白《ましろ》は浴衣《ゆかた》を戦装束《いくさしょうぞく》代わりとし、ひとつの卓球台の前で仁王立《におうだ》ちしていた。手には日本刀ならぬラケット。

待ち合わせ時間まで、残り5分ほど。

しかし宿敵は――翠《みどり》部長は、もう死合いの場に姿を現わしていた。

浴衣の袖《そで》をまくり、馬の尾のような髪をなびかせて、優雅可憐《かれん》な戦乙女が歩いてくる。

コーン……コーン……とピンポン球がラバーの面を軽快に跳ねる音。

器用に球を操《あやつ》りながら翠部長は真白の正面――敵の位置に、陣取った。

「逃げなかったのは、褒める」

「逃げないよ。ちゃんと話をしたいのは、私も同じだから」

「真白の気持ちは知ってるよね？」

昨夜、温泉の中で。アキとの恋人関係が嘘《うそ》であることがバレて追及されたとき、真白は正直に翠部長に打ち明けた。

だけど同時に、真白の本音も明かしたんだ。

関係は嘘だけど、アキを好きな気持ちは嘘じゃない……って。

「それなのに、清水寺《きよみずでら》のアレ……。すごく良い雰囲気になってた。翠部長は……真白の気持ちを知ってて、それでも進もうとするんだね」

「わからなかった」

「え？」

「自分でも自分がわからなかった。大星《おおぼし》君のことをどう思ってるのか。恋愛なんてしたことなかったから。何が正しいのか、どうすればいいのかも。回答を導けない問題なんて、何年ぶりだろう」

「……過去形、なんだね」

「清水寺で大星君も迷子なんだと知ったとき、チャンスだと思ったの。半日ぐらい一緒に過ごしてみたら、自分の気持ちの正体が理解できるかもしれないって。……そしたらね、ビックリするぐらい簡単に答えが見つかっちゃった」

コ————ン……。と、ピンポン球がひときわ高く跳ね上がる。

「幸せだったの。緊張もしたし、楽しかったり、驚いたり、他にも『ああ、好きだなぁ』って感じることはいっぱいあったんだけど。何よりも確信できたのは、『幸せだな』って。一瞬、頭の中によぎっちゃったから」

落ちてきた橙色《だいだいいろ》の球体を翠部長の手の平が力強く受け止める。

姿勢を低くし、サーブの予備動作に入る。

……始まる。

真白も腰を落とし、集中力を研ぎ澄ます。

運動は得意じゃない。でも、ここで引くわけにはいかなかった。

「月ノ森《つきのもり》さんの気持ちは知ってる。でも、付き合ってないなら条件は同じ」

ピンポン球がふたたび宙に浮く。今度はただのお手玉じゃなくて。

開戦の、ために！

「選ぶのは大星君。他の子がどう考えてるかなんて——関係ない！」

力強いセリフとともに打ち出されたサーブが鋭い軌跡で卓上を滑る！

魂のこもった一打。その勢いには驚かされるけど……真白の壁は、これくらいじゃ撃《う》ち抜けない！

「アキは翠部長を選ばないよ。……ううん、誰《だれ》も選べない……！」

「…………ッ」

パシッと球を弾《はじ》き返《かえ》す真白。

卓球経験はほぼ皆無。だけど発言権を与えられたら論破力だけなら超一流。これでもプロの小説家。言葉で戦うなら翠部長にだって、負けたりしない。

卓球のテク？　そこは勢いでＯＫ。

「アキが彼女を作る気だったら、誰かがとっくに本命に座ってる。出会って半年程度で、何を知ってるの？　真白と積み上げてきた時間には絶対に勝てない」

「積み上げた時間と恋愛関係の成立に相関はないよ。確かに単純接触回数が多いほうが好感度が上がりやすいけど、最も感情が燃え上がるタイミングを逃したら、脳は恋愛対象じゃないと判定するようになるって研究もある。むしろ月ノ森さんのほうこそ、幼なじみとして長い時を一緒に過ごしすぎたせいで脈無しになってるかもよ」

「……ッ⁉」

ラリーの合間に凄《すさ》まじい情報量の弾丸をぶち込まれた。

「真白は例外。中学三年間とかまるまる会ってないし、今年の春に再会したばっかりだから」

「なら私が出会った時期と大差ないね。積み上げた時間、単純接触回数、もちろん月ノ森さんのほうが上だけど私も充分戦える範囲」

「なっ……」

切り返しの鋭さに、思わずたじろいだ。かろうじてラケットに当てただけのピンポン球は、ふわふわと力なく宙に浮き、チャンスボールになってしまう。

翠部長が、ニヤリ、と笑った。

それで真白は確信した。

――いまの、狙《ねら》ってやったんだ。

真白が展開した論理を強烈に否定するだけに留まらず、そこに、直前の論理に矛盾が生じる返答をしやすい罠《わな》を仕込んでいたんだ。

自分の主張をただ通すだけじゃない。同時に相手の論理を破綻《はたん》させて窮地《きゅうち》に追いやる、隙《すき》のない完璧《かんぺき》な誤誘導《ミスリード》。

こ、これがモンスター優等生のレスバ。て、手強《てごわ》すぎる……！

「アキは夢を追ってるの！　実現するためには恋愛禁止の約束を守らなくちゃいけないの！　夢を叶《かな》えるために、大人の契約が必要なの。だからいまは告白しても絶対成功しないし、アキに彼女なんて許されないの！」

天井《てんじょう》すれすれまで浮き上がったピンポン球が落ちてくる前に、ひと息にそう言い放つ。

論理ではなく、感情のままに吐き出す。

自分でも何をそんなに必死になっているのかわからない。

もしかして、恐れているんだろうか。

突きつけられるのを。

何を？

「そんなの変。納得いかない」

翠部長は真剣な目で落ちてくる球を見つめる。ラケットのグリップを握り直す。

「法律で定められてるわけでもないのに、個人の恋愛の自由を奪うようなルール設定。大人がそんな無責任な束縛をしてるなら、そのほうが百倍『悪』だよ」

スマッシュ。

強烈な打球がバチン！　と弾けるように真白の陣地を穿《うが》つ。

普通だったら取れない距離。

だけど真白は思いきり、腕を伸ばして飛び込んで、どうにかギリギリ打ち返す。

こんなに必死になって卓球している理由が自分でもわからない。でも、本気でやらきゃいけない。そんな気がした。

「勝手なこと、言わないで……！」

確かに正論。でも、暴論。

真白はアキの《5階同盟》に対する本気を誰よりも身近で感じてきた。

突然現れた子に、何も知らないくせに、好き放題言われたら腹も立つ。

「自分の恋愛感情ばっかり優先させて、アキのやりたいことは無視？　本当に好きなら、アキの気持ちを考えるべき。そうだよね？」

口は達者に回ってる。大丈夫、まだ言い返せる。

だけど無理な体勢からの打球は、当然また力なく浮き上がるのみで——……。

「もし大星君にも恋愛感情があったら？」

「え？」

「夢のために我慢して、それで大星君は本当に幸せなの？」

「それは……」

「私は、そうは思わない！」

乾坤一擲《けんこんいってき》。全身全霊。今日一番の強烈なスマッシュが叩《たた》き込《こ》まれた。

橙色の弾丸が真白の顔の横をすり抜けていき、背後の壁で、パァン！　と音が弾けた。

コン、コン、コン……。床の上をピンポン球が転がる。

翠部長は振り抜いたラケットをくるりと回し、その先端を真白のほうへと向けてきた。

「連絡先を教えて。大星君を違法なルールで縛ってる、その『大人』って人の連絡先を」

「えっ」

「私が直談判する。大星君を自由にさせる。その上で大星君の夢も叶えられるように、両取りを目指して交渉し、勝ち取ればいい。——そうでしょ⁉」

「……ッ」

もう、駄目だ。

核を、撃ち抜かれてしまった。

そうか、これか。突きつけられたくなかったもの。

強気に攻めているようでいて、肝心なところでまだ日和《ひよ》っている自分の弱さ。

「どうしちゃったの……翠部長。ルールを破って、強引に我を通すなんて……。まるで、人が変わったみたい……」

「月ノ森さんが私をどんな人間と思ってるかわからないけど、私は最初から『ルールを守って何もかも我慢する子』なんかじゃないよ」

その言葉に、真白はハッとした。

真面目《まじめ》人間。時間を守り、ルールを守り、大人の言うことを何でも聞くイイ子ちゃん――。

だとしたら、ひとつだけ、滅茶苦茶《めちゃくちゃ》大きな矛盾があった。

いいいいいいいい演劇部の部長をやれている――その一点だけでも、気づいて然《しか》るべきだった。

厳格な教育者一族の生まれ。菫先生でさえイラストレーター活動を家族に打ち明けられずにいたその厳しい家庭において、勉強以外に多くの時間を割《さ》くことが許されていたのはなぜか？

大学進学に箔《はく》のつく可能性がある部活動ならまだしも、廃部寸前、《5階同盟》が介入するまではお遊戯会同然だった演劇部での活動なんて、絶対に許されるはずがないのに。

そうだ、翠部長は。影石《かげいし》翠というモンスター優等生は。

自分の好きなことを貫くために、全教科満点という圧倒的な実績で大人を殴り続け、納得させ続けてきた真正の武闘派だったんだ。

「ルールを遵守《じゅんしゅ》した上で、最高の結果を追い求める。……それが、私のポリシーだから！」

——強い。

最強の優等生が恋に本気になると、ここまで強いのか。

甘さを思い知らされ、打ちひしがれる真白に背を向けて、翠部長は歩き出す。

翠部長の背中に、シルエットが重なる。

「どうして……」

自分が見てしまったその幻影に、自分で驚く。そして絶望が増す。

ア、ア、ア、アキに似てる。

そう、思ってしまった。

目標に対してブレることなく真っ直《ま》ぐ《す》で、強引に意志を押し通していく力強さ。

社会の中に順応しながらも王道と邪道のライン上をフルアクセルで突き進んでいくような、強引かつ論理的なやり方。

もしも翠部長が全力でアタックしたら、アキは――……。

真白でも、彩羽《いろは》ちゃんでもなく、あっさりと翠部長を選んでしまうんじゃないか。

そんなふうに、思えてしまう。

「どうしよう……」

焦《あせ》りと不安に震える真白の呟《つぶや》きは、無人の卓球場に煙のように漏《も》れ、消えていった。

# 第8話 友達の妹が俺にだけ告白

ガラス戸を開けて展望テラスに出ると、吹きつける風は風呂《ふろ》上がりの体にはやや冷たい。

屋上……ではないものの、エレベーターで行ける範囲としては最上階。

１００万ドルの夜景（月ノ森《つきのもり》社長仕込みの古い表現）と引き換えなら、強すぎる秋風もご愛嬌《あいきょう》といったところか。転落防止用の仕切りは夜景に配慮した透明な素材でできている。観葉植物にビーチチェア、望遠鏡に足湯。不足のない、優等生な造りだった。

ＬＩＭＥであらためてやり取りして決めた約束の時間までは、まだ10分ある。５分前では先を越されてしまうだろうと予想して早めに来たのだが、どうやら俺《おれ》の勘もなかなか馬鹿《ばか》にしたもんじゃなさそうだ。

予想通り——いや、予想を遥《はる》かに超えて、そいつは優等生だった。

「はええな。いつから？」

「10分前」

「てことは約束の20分前か。脱帽モンだな」

「えっへん。甘く見ないでよね。……大星《おおぼし》君も、ここ座っていいよ」

そうして翠《みどり》は自分の隣の椅子をぽんぽんと手で叩《たた》く。

彼女が座っているのは、足湯スペースの前。椅子の脇《わき》に丁寧に旅館のサンダルを揃《そろ》えて、素足を湯に浸けている。

――何かこの光景、どっかで見たことあるな。

登場人物のシルエット的にも、何かに重なるような……と、そこまで考えてハッとする。

そうだ。影石《かげいし》村の旅館で、菫《すみれ》と話したときだ。あのときはドクターフィッシュの水槽だったので今回とは違うが、それでも見た目は大体同じだった。

「影石家は遺伝的に足湯好きなのか？」

「うちの家族がどうかはわからないけど、私はべつに、かな。……ただ面白《おもしろ》そうだったから、つい入れてみたくなっちゃって」

好奇心の塊だった。

「大星君が知ってる私以外の家族って、お姉ちゃんだよね。お姉ちゃんも、こういうの好きなんだ？」

「ああ、気持ち良さそうにしてたぞ」

「えへへ。お姉ちゃんと同じかぁ。それはちょっと、うれしいかも」

ちゃぷちゃぷと足でわずかな波を立て、翠ははにかんだ。

「大星君てさ、お姉ちゃんとは友達なの？」

「友達……なの、かな。あんまりちゃんと考えたことなかったが」

「無関係ってわけじゃないでしょ。一緒に行動したりしてるわけで」

「まあ……な。詳しくは言えないが……神に誓って、やましい関係じゃない。それだけは信じてくれ」

「とりあえず、友達、って定義が一番近そうだね。それなら私にとっても好都合」

「好都合？」

「お姉ちゃんの友達ってことは、大星君にとって私は『友達の妹』でしょ？」

「そうなるな……」

頭の中では何度も思い浮かべていた概念だが、翠自身の口からその言葉が出てくるのは何だか妙な気分だった。

「……って、いやいや。意味わからん。友達の妹だと何が好都合なんだよ」

「お姉ちゃん、っていう共通の大切な人を介した関係だからこそうまくいくこともあると思うの。付き合っていく上での相談相手としてどちらにも肩入れしすぎず、お姉ちゃんがバランスよく助けてくれるし。結婚するなら、相手方の家族によく知ってる人が最低でも一人いる環境って有利だと思うんだよね。ほら、親戚トラブルのリスクが下がるでしょ」

「結婚を前提にしてる⁉」

「それに、仮に玉砕《ぎょくさい》しても、永遠に関係が断ち切られたりしないから」

「…………ッ」

まるでひとつの豆知識を紹介するようなあっさり感で。

翠は、その関係性の奇妙な点に、踏み込んだ。

そう。そうなんだよな。

友達の妹ってやつは……仮に俺とそいつの関係がどうなったところで、友達との関係が続く以上は、変わらず友達の妹であり続ける。

だからこそ究極的に都合がよくて――。

どこまで行っても切れない関係が故に、勘違いで距離感をバグらせるのが怖いんだ。

翠のように、その関係のプラスの側面だけをポジティブに捉《とら》えられたらいいんだろうけど。

少なくとも根がネガティブな俺にはできそうになかった。

「隣、座らないんだね」

「足湯の気分じゃなくてな」

「そっか」

ちゃぷちゃぷと軽い水音を立てて、翠は水面に映る、ぶれた自分の顔を見ながら言う。

「大星君は頭いいから、もうわかってるよね？　私がしようとしてること」

「ああ」

「…………」

きゅ、と、腿《もも》の上に置いた手を握りしめる。

うつむきがちな翠の表情は見えないが、髪の隙間《すきま》からわずかに覗《のぞ》く耳が赤く染まっていた。

そして……バッと、顔を上げる。

湯から足を抜き、足元のタオルで濡《ぬ》れた素足を拭《ぬぐ》ってから、演説者の如《ごと》き威勢で立ち上がる。

「大星君‼　私はいまから、これまでの人生で一番難しい問題を解きます！」

「……へ？」

変な声が出た。想像していた展開とちょっと、いやかなり違っていた。

翠はＩＱの高い学者のようなポーズで話し始める。

「私の感情をＭ、一般に恋愛感情と呼ばれる状態をＬとします」

「お、おう」

「Ｌとは、『顔を見てるとドキドキする』『近くにいるだけでキュンキュンする』『触られたりしたら汗だくになってヤバい』を足して、『一緒にいたら楽しい』『もっと相手のことを知りたい』そして何よりも『常に相手のことで頭の中がいっぱいで、ふとしたときにも意識してしまう』

――の総和です」

「な、なるほど？」

「そしてＭに、大星君とコミュニケーションを取ったときの数字を代入すると、『ドキドキ』、『キュンキュン』『汗だく』『楽しい』『知りたい』をすべて満たしている上、実はふとしたときにも意識しちゃってるため、M＝Lが成立します。つまり数学的帰納法により――」

翠はくわっと目を見開いた。俺はビクッと背筋が伸びた。

そして――……。

「――私はあなたが大好きですッ！　Q.E.D.!!」

言われた。

予想通りの結論を、予想外の優等生の論理《ロジック》で。

勇気を振り絞って、思い切ったことをしながらも。やはりどこまでいっても、翠は翠なんだろう。

怯《おび》えるように目を瞑《つむ》る翠。肩を震わせ、声を震わせ。それでも窺《うかが》うようにわずかに目を開き。

「大星君の証明も、聞かせて」

そう、訊《き》いてきた。

訊かれることはわかりきっていた。

もったいぶればもったいぶるほど時間の無駄。効率的に、合理的に。あるがままの答えを、最速で返すのが俺のすべき返答なんだろう。

だけど、できない。

そう。返答しないんじゃなくて、できなかった。

この期に及《およ》んでもまだ、俺の中には明確な答えが存在していないから。

「答える前に翠部長に教えてほしい。頭のいいお前なら、さっと答えを知ってるんじゃないかと思って」

「……いいよ。すでに裸を晒《さら》してるのと同じだもん。もう何を訊かれても怖くない」

「恋愛感情を教えてほしい」

「え？」

「いま抱えてるこの感情が恋愛感情なのか、何なのか。俺は誰《だれ》かを好きなのか、それともべつにそんな相手なんていないのか、正直、何もわからない。確信が持てないんだ。いろいろな奴《やつ》にお節介を焼いて、人の人生に介入して。俺は好きだからそいつを助けてるのか？　それとも恋愛とは別の感情なのか？　人と関《かか》わりまくって、人生を高速で駆け抜けていくうちに、自分の感情の正体がよくわからなくなっちまったんだ」

オズ、彩羽《いろは》、音井《おとい》さん、菫、真白《ましろ》、翠、茶々良《さ さ ら》……トラブルの度に奔走し、問題を解決する。それは俺にとって当然の行いすぎて、自分自身のどんな感情からそれをやってるかなんて、考えたこともなかった。

でもこれらのどこかに恋愛感情とやらも潜んでいるなら。

区別して、たどり着いておかなければいけない気がする。

月ノ森社長との約束があるとはいえ、無自覚状態から覚醒《かくせい》するだけでも、見える世界が変わると思うから。

「わかった。大星君の好きな人を教えてあげる」

旅館のサンダルをしっかり履《は》いて、翠が歩み寄ってくる。

彼女の手が頬《ほお》に触れた。冷たい風が吹く屋外にいたとは思えないほど温かかった。彼女の体温はよっぽど高いんだろう。

手の平の温度は温かく、柔らかさは心地よい。

ただ――……。

「チクリ、って、した?」

「え?」

「私に告白されて。ほっぺを触られて。……罪悪感。イケナイことをしてる。そう感じた?」

図星だった。

完全無欠に見透かされていた。

「その人だよ。いま、この光景を見られたくない人。いま、頭の中に浮かんだ顔。それこそが、大星君の好きな人」

「……。ああ……そう、だったのか……」

俺と翠がこうしている姿を、万が一にも見られたくない相手――……。

そう言われて、俺の頭の中に。網膜の裏側に。

確かに浮かび上がってくる顔があった。

そしてそいつが俺の好きな人なんだと突きつけられたら、抵抗する気も言い訳する気も起きなくて、ただただ、ああそうか、そうだったのかと、不思議とすっと胸に落ちた。

「……。その様子だと、私じゃなかったみたいだね」

「………………。悪い」

何度経験しても、好意を拒絶するのは慣れない。

口の中に嫌な苦味が広がって、呪《のろ》いのように全身の細胞が蝕《むしば》まれていくような気がする。

ホント、何様なんだろうな、俺。

真面目《まじめ》すぎてとっつきにくいところがあるとはいえ、翠は誰がどう見ても美少女だ。優等生だし将来有望、道を踏み外すような真似《まね》もしないだろうし、恋人としても、結婚相手としても、理想の女の子だと思う。

俺如きフツメン非才の凡人が、声をかけられただけでも感謝して然《しか》るべき相手をフるなどと、身の程をわきまえよという話だ。

座右《ざゆう》の銘《めい》はどこへ行った？　身の丈を知れ、俺よ。

だけど、駄目なんだ。

好きな人の顔がハッキリ浮かんでしまった以上、俺は翠の告白を受け入れることはできないんだ。

翠はしばらく黙っていたが、すぐに両手をぐいーっと頭上に伸ばして。

「うーん、玉砕！」

清々《すがすが》しい表情でそう言った。

「翠部長……本当にすまん」

「やだなぁ、大星君。最初に言ったでしょ。私は友達の妹だもん。玉砕しても縁が切れにくい、ちょっとズルいポジションなんだよ？　謝らなくていいよ。占いで何となく予感はしてたしね。ほら、清水寺の占い、憶えてる？　私、さんざんな結果だったでしょ」

「……ああ、そうだったな」

「神様を疑っちゃ駄目だね！　占いは当たることが証明されたんだよ！　あはは」

努めて明るく振る舞おうとする翠。

そんな姿にますます俺の心はチクチクと刺される。

「申し訳なさそうな顔しないで？　あんまり罪悪感を引きずられて、変に避けられたりしたらそのほうがショックだよ」

「……ああ。いままで通り、変わらずに」

「友達の妹のままで。……ちょっと贅沢《ぜいたく》を言うなら、面白雑学トークができるお友達として付き合い続けてくれたら、うれしいな」

「許されるなら、こっちこそ」

「よしっ。許す！　さ、そろそろ消灯時間。部屋に戻らなくちゃ」

真面目系委員長らしい優等生な態度で言うと、翠はくるりと背中を向けた。

不思議だ、と思う。愛の告白をしていたさっきまでの彼女はドレスを着た異国の姫様のような特別な存在に見えていたのに、まるで魔法が解けたシンデレラ、いまではもう普段と変わらぬ影石翠がそこにいた。

「大星君も、しっかりルールを守らなきゃ容赦しないんだからね！」

「ああ……。俺も、すぐに戻るよ」

足早に館内に向かって歩いていく翠の後ろ姿を見送って、俺は空を見上げた。

皮肉なくらい月が綺麗《きれい》だった。夜空にふてぶてしく浮かんでいるあの月は、きっと恋人たちが『月が綺麗ですね』とかいうド定番のクサいセリフで愛を育《はぐく》むためにスタンバってくれてたんだろう。出番を用意してやれなくて、本当にごめんな。

せめて時間稼ぎのために、あと数分、存分に眺めていってやる。

最後まで俺に気を遣わせまいと、平気な顔で『元通り』を演じてみせた翠部長。その努力を無駄にさせないためにも、もうすこしこの場を離れる時間を与えてあげたかった。

本当にごめんな、翠。

最初の頃に比べたら、すっげえ上手《うま》くなってるけどさ。

やっぱり、滅茶苦茶《めちゃくちゃ》上手い奴をいつも見てるせいで、気づいちまうんだよなぁ。

演技の粗《あら》、ってやつに。

＊

『誰かが泣くのは嫌かな？』

『あたりまえだろ』

『誰かを選ぶっていうのはそういうことだよ。ついに自分の感情を自覚したんだよね？』

『……ああ』

『覚悟したほうがいい。最低でもあと一回は、きっと誰かを傷つける』

『……わかってる』

『それなら、いいんだけどね』

# 幕間●●●●●翠

ぶるりと手の中が震えた。
明るく光るスマホ画面の中ではご機嫌な会話が繰り広げられている。

《漆黒の演劇部員A》修学旅行、誘惑和尚《おしょう》、終末モノ、痛覚遮断のウロボロス
《YAMADA》えーっと、入学早々、中学ボコす、休学やっほぉーう！
《影石 翠》何となくLIME開いてみたら何この物騒な流れ!?
《YAMADA》あ！ 翠部長だ！ オッスオッス！
《一般通過モブ子》消灯時間過ぎて暇すぎたから韻踏《いんふ》みメモ合戦をしてました
《影石 翠》皆は修学旅行中も相変わらずだね……
《漆黒の演劇部員A》永遠不変、千古不易《せんこふえき》。
《一般通過モブ子》小日向《こひなた》師匠のLIMEを騒がせるのアレなんで、こっちでやってました
《一般通過モブ子》なんだかんだ久しぶりですよね、こっち使うの
《影石 翠》確かに

《YAMADA》暇すぎてログ辿《たど》ったら、なっついのいっぱい出てきて草
《漆黒の演劇部員A》黒歴史。演劇部設立の根源
《影石 翠》どれどれ……

そんなメッセージを打ち込んでから、画面を適当にスクロールしていき、過去のメッセージを探してみる。

演劇部の真面目《まじめ》な活動の話もあれば、部員同士のたわいもない会話もある。

比率は大体3対7ぐらい。もちろん真面目のほうが3。

このグループの皆とは一年生のときからの付き合いだ。

演劇部に入部したら、当時の三年生の先輩たちに、五人も入部してくれてうれしいよなんて、大歓迎されたものだ。

翌日から、三年生は全員幽霊部員になったけど。

どうやらもともとやる気がなくて、部が維持できる程度の新入生が入ったら、自分たちは引退しようと決めていたらしい。二年生の部員は一人もいなかったので、それ以来、私は部長として演劇部を導くことになったんだ。

予算や練習場所の確保もままならず、ギリギリのやりくりで機材やら衣装やらを用意して、誰《だれ》にも教えられることなく独学で演劇に打ち込んだ。

実績皆無の部活にたくさんの時間を使うことは両親にも反対されたけど、絶対に成績を落とさないからと説得して、確かな数字で証明してきた。

恋愛なんかしてる時間はなかったけれど。演劇部の皆で成長して、いつか大会で勝ち上がる、自分たちが観《み》ても最高と思える劇を作る——そんな夢みたいな目標を掲げて突っ走る毎日は本当に楽しくて。

ただそれだけで充分だった。それ以外の幸せなんて、欲しいとも思わなかった。

恋愛感情——。

神話曰《いわ》く、それは楽園に垂らされた一滴の毒だという。アダムとイブに与えられたその感情が、なぜ禁断の果実として表現されたのか、いまなら理解できる。

「知らなきゃよかったなぁ……」

思わずつぶやいた。

演劇部の皆と、ただひたすら夢に向かって進んでいたら、途中で躓《つまづ》くことがあったとしても、なんだかんだ楽しく、毎日を過ごせていたのに。

このLIMEグループの会話が永遠に続く世界が、あったはずなのに。

……大星《おおぼし》君も、覚悟しといてね？

演劇部と《5階同盟》は、ちょっとだけ似てるところがある。もちろん《5階同盟》の人たちの才能に比べたら、うちなんて比較するのもおこがましいけれど。でもきっと、芯《しん》のところは近いものがあるはずだから。

今日。あのとき。あの瞬間。大星君も恋愛の呪《のろ》いにかかったに違いない。

《5階同盟》の目標のためだけに頑張れば、それだけで幸せだったのに。

それ以外の道も、見つけてしまった。

大星君はいつか、私と同じような目に遭うんだ。

《YAMADA》翠部長の霊圧が……消えた……？
《漆黒の演劇部員A》深夜深淵、睡眠疑惑
《一般通過モブ子》大丈夫ですか？

——なんでこのタイミングなんだろう？

大星君の前では耐えられた。ホテルの共用トイレに飛び込んで、個室の中に閉じこもってもまだ耐えられた。

それなのに演劇部の皆のメッセージを読んだ瞬間——……。

「うっ、うぅ……あぁ……」

せき止められていたものが急に決壊した。

香西《こうざい》高校の生徒たちが良い子ばっかりでよかった。

消灯時間を過ぎて部屋を出るような子はいないから、いま、ふらりとトイレに入ってくる人は誰もいない。

私の泣いている声を、聞かれなくて済む。

悪い子が私だけで、本当によかった。


ポロン、ポロン♪　と着信音が鳴り続き、部員の皆の心配するメッセージがつぎつぎと更新されていくＬＩＭＥ画面を、大粒の水滴が濡《ぬ》らしていった。友達の温かさにすがりつくようにスマホを握りしめて、私は、時間を忘れて泣き続けていた。

epilogue

Tomodachi no imouto ga ore nidak

# エピローグ　彩羽と師匠

「来てしまった……」

新幹線を降りて全面ガラス張りの駅ビルを背に、私、小日向彩羽《こひなたいろは》は震えていた。

芸能人気取りのグラサン！　ご機嫌な私服！　何泊する気なんだとツッコミ必至のドでかいスーツケース！　浮かれた観光客にしか見えないこの美少女は誰《だれ》でしょう？　そう、私です！

見知らぬ土地にたったひとりで降り立つだけでも緊張するのに、このあと会うのは大女優。さらには映画の撮影まで見学できるっていうんだから、心臓のオーバーキルっぷりがえぐすぎ！

平日の真ん中、学校の出席記録に穴を空けてまで旅行に来るなんて、我ながら大胆な真似《まね》をしてしまった。

それもこれも無責任に背中を押した茶々良《ささら》のせいだ。さては厄介払いしたな？　帰ったら百倍ウザ絡《がら》みしてやる。せいぜい覚悟しておくことだな！　ふんっ！

「それにしても、意外と普通の都会なんだなぁ」

京都といえば古ーい時代劇みたいな街で、道行く女性は舞妓《まいこ》さんスタイルって偏見があったんだけど、私の地元とあんまり大差ないように思えてくる。センパイたちがいる観光スポットならまたちょっと雰囲気が違ったりするのかな？

「センパイ、かぁ。ホント私ってば、期待しても仕方ないのに」

センパイに会いたくて来たわけじゃないのに、こうまで意識しちゃうとは。

骨抜きにされすぎでしょ、私。

京都といっても土地は広い。たまたますれ違う確率なんて、センパイにいますぐ彼女ができる確率と同じぐらいだ。……あっ、ほとんどゼロって意味なんでよろしくです。

……ゼロ、ですよね？

真白《ましろ》先輩の猛烈アピールで落とされたり、旅行出発前には影も形もなかったダークホースが突然現れて好き放題にヒロイン面《づら》してセンパイの心をシューティング☆　しちゃったりしてませんよね？

って、ああああああもうッ！　恋愛脳退散ッッッ！

と、私がバスバスと頭を叩《たた》いて脳内から桃色に濁った不安を追い出していると——……。

「お、おい、あれ……すげえ美女だ……」

「素敵……見惚《みと》れちゃう。芸能人かな？」

ざわっ、と周囲がざわめく気配。

学校で私に向けられる視線と同じ！ と脳が反射的に反応して、背筋が自然と伸びてしまう。

芸能人っぽい姿。すげえ美女。いまこの場において、それっぽいのはきっと私に違いない！

芸能人を意識しまくった格好をしてる怪しい子、私以外になかなかいないでしょうし！

見られているなら。期待されているなら。それに応える自分であれ。

信念でもなんでもなくて、いままでの人生で自然と身についた、小日向彩羽っていう動物の習性みたいなもの。

「……あれ？　でも何かおかしいような……」

美女、って表現は珍しい。

美少女と呼ばれることは多くても、美女と呼ばれた経験はあんまりない。

美形よりは可愛い系の清楚系JKを褒め称えるときに、美女、って使うかな？

っていう私の疑問は、すぐに解消した。

通行人の視線の先にいたのは、私じゃなかったんだ。

「こんにちジュール、彩羽ちゃん。お久しぶりの邂逅。元気してる。してますか？」

上品に手を振り、同時に大人の色気も振りまきながら優雅に歩み寄ってくるスタイル抜群の、正しく、美女。

長い銀色の髪をなびかせる姿から、ついた異名が《白銀の女神》！（ネットで調べた）

真白先輩の母親にして、私の師匠になるかもしれない女性――月ノ森海月《つきのもりみづき》さんだ。

何の変哲もない地面なのにまるでレッドカーペットでも敷かれてるんじゃないかと錯覚しそうになるくらい堂々と歩いてくる海月さん。

その辺を歩いてる日本人がブロードウェイの女優の顔を熟知してるはずもないのに。

ただそこに存在するだけで只者《ただもの》ではないと察せられ、注目を集めてしまう、圧倒的な存在感。

――ホンモノの大女優。

「こうして、あらためて見ると……本当に大きく見えますね、海月さん」

「フフ。心配無用。いりません。彩羽ちゃん、あの人の娘。ポテンシャルは無限。あります」

「ママの……？」

ここでどうしてママの話題が出るんだろう。

そういえば、ママが出張で家に帰らない隙《すき》に学校サボっちゃってるけど、誤魔化《ごまか》しきれるのかな。サボるだけならまだしも映画の撮影に同行なんて、バレたら絶対怒られるし、悲しませちゃうんだろうか。……あんまり考えないようにしよう。うん。少なくとも、いまは。

でもわざわざここで海月さんがママを引き合いに出すってことは。

もしかして、ママも昔、演技の仕事を……。

「はい。ワタシ、あの人に勝てません。バストサイズ、Gの血族。侮りがたしです」

**「胸の話かーい！」**

「？　違う。違いますか。ワタシの胸のあたりを見て言ってる。言ってました」

「たまたま目の高さがちょうどよかっただけです！　……はぁ……」

思わずツッコミと一緒にため息が漏《も》れる。なんだか拍子抜けした気分だ。

「──彩羽ちゃん」

「えっ。あ、はい」

ふわりと優しい手つきで私の頭を撫《な》で、海月さんは意味深な微笑《ほほえ》みを浮かべた。

その微笑みの裏にどんな感情を隠してるのかはわからないけれど。

私にはそれが、すっごく頼もしい。


「行きましょう。あなたに〝世界〟を見せてあげる。あげます」

「はいっ。よろしくお願いします……！」

振り返り颯爽《さっそう》と歩き出す海月さんを小走りに追いかける。

ちらっと見た自分の足元には妄想のレッドカーペットすら敷かれてなかったけれど。

この人の歩いた場所をついていけば、きっと何かがつかめるはずだから。

真白先輩も、菫《すみれ》ちゃん先生も成長して、進化してる。

『黒き仔山羊《こやぎ》の鳴く夜に』をさらに発展させるために、センパイやお兄ちゃんも試行錯誤して、いままた成長しようとしてる。

なら私だって、いつまでも同じ場所で甘えてるわけにはいかない。

――センパイ、待っててください。

私は私なりの方法で成長して、きっと《5階同盟》に貢献してみせますから！

# epilogue2

Tomodachi no imouto ga ore nidake uzai

# エピローグ2　社長定例

『おお、珍しいじゃないか。まさか君のほうから電話してくるなんて。──真白』
「たまにはね」
『いまは修学旅行中のはずだが、もしかして父の愛が恋しくなってしまったのかな？』
「切るね」
『おいおいおい待ってくれたまえよ、愛しのマイスイートドーターター。自分から連絡しておいて塩対応はどうかと思うよ』

深夜。修学旅行宿泊先のホテル。自販機と灰皿が並ぶ休憩所でひとり、真白《ましろ》はスマホと向き合っていた。消灯時間を過ぎ、先生たちの見回りも終えた後の廊下には人の気配が全然なかった。たぶんこんな時間に起きてる悪い子は真白だけなんだろう。

スマホに繋《つな》がったイヤホンから聞こえてくるのは、嫌でも憶えてしまう聞き慣れたウザい声。

父親の月ノ森真琴《つきのもりまこと》だ。

……ううん、違う。これからしようとしていることを思い出せ、真白。

お父さん、じゃなくて、月ノ森社長。

そういうふうに認識を切り替えなくちゃいけない。

真白は大きく息を吸って思考をクリアにすると、イヤホンマイクに向けて準備していた考えを口にする。

「お父さん——ううん、月ノ森社長に、お願いがあるの」

『……ほう。社長としての私に、か。いいだろう、言ってみたまえ』

「ア、アキと別れさせて」

『何だって……？』

真白の提案に面食らったように月ノ森社長が鸚鵡返《おうむがえ》しをした。

恋愛経験豊富なこの人のことだ、たぶん真白の本当の気持ちも知っているんだろう。だからこそ、自分から関係を断とうとする真白の発言が信じがたかったんだと思う。

『明照《あきてる》君と喧嘩《けんか》でもしたのかい？　それとも彼が何かしでかしたとか？』

「違う。そうじゃなくて。真白はもう、大丈夫。アキの盾に守ってもらわなくても、自分の力で戦える。……いじめられて、落ち込んだり塞《ふさ》ぎ込《こ》んだりするだけだった真白は、もういないから」

『だから、ニセ恋人の関係を解消したい、と？』

「うん。これからは、ただのクラスメイトで、いとこ同士。それでじゅうぶん」

『…………………………』

月ノ森社長が無言になる。言葉はないが感情は何となく伝わった。

イヤホンを通した向こう側には、無音の中にも微《かす》かに喉《のど》を震わせているような気配があって。

『…………。駄目だ』

「どうして？」

『トラウマはふとしたときに蘇《よみがえ》るものだろう。いまは何事もないから落ち着いているだけかもしれん。私はね、真白。事業でイチかバチかの賭《か》けに出るのは大好きだ。黒字になれば上等、赤字に転んだとしても己《おのれ》の思い通りにならない未知の領域の存在にワクワクする。大ヒットに至れば絶頂せんばかりの幸福だ』

興奮気味な早口で語るその内容は、享楽に振り回される駄目な大人と紙一重。ハマっているのが会社経営か、競馬やパチンコのたぐいかの違いだけ。

そんなヒドい内容をまくし立ててから、一転、月ノ森社長は声を低くした。

『だがな――娘の人生でギャンブルする趣味はないのだよ』

「わかってる。どんな想《おも》いで転校させてくれたのかも、心配してくれてるのも。でもね――」

翠《みどり》部長の見せた強さを思い出す。

本当にアキのことを想うなら。アキのことが好きなんだとしたら。

親の一人や二人、説得できなくてどうするの？

「もう、前までの真白じゃないんだよ。修学旅行でハッキリわかった」

『真白……』

「前の学校で真白をいじめてた人たちとノリが似てる子たちもいるの。空気なんか全然読まないで、自分が楽しむためだけに真白をイジってくる子も。……前だったら、絶対に耐えられなくて、逃げるしかなかった」

『そうだ。だから私は明照君を傍《そば》につけることで――』

「でもあれは、真白が弱かったから。いまなら、あの子たちとだってちゃんと目を見て話せる」

『……百歩譲ってその話が本当だとしよう。だが、明照君と形式上付き合ったままでもいいだろう』

「真白との関係があるせいで、アキは自由な恋愛を縛られてる。その束縛を解いてあげてほしい」

『なるほどね。明照君と本当の恋人同士になりたいから、こんな無茶な話をしているわけか』

「それだけじゃない」

『……では、なぜだい？』

なぜ？　なんて訊《き》かれても、誰《だれ》かに理解してもらえる論理的な理由なんかない。

真白が、そうすべきだと思ったからだ。

偽の恋人関係なんて、そんな地位に甘んじてちゃ駄目だと、翠部長の目を見て思った。

彩羽《いろは》ちゃんだけでも強敵なのに。

アキの周りにいる女の子たちは、皆それぞれ秀でて強い。

偽りの安全地帯でぬくぬくと嘘《うそ》の幸せを吸っているだけじゃ絶対に駄目なんだ。

……さっき、翠部長がトイレで泣いているのを聞いてしまった。月ノ森社長に電話する場所を探すために歩き回っていたら、偶然。

きっとアキに告白して、そして玉砕《ぎょくさい》したんだと思う。

あそこまでの覚悟と強さで以って告白した翠部長に、ニセ彼女なんていう甘えた立場を維持したまま、もう一度友達の顔で会える気がしなかったんだ。

今度また胸を張って翠部長と顔を合わせるために、そう、これは。

「真白なりのケジメ。ただ、それだけ」

『ふぅむ。……決意は固いようだな。やれやれ、誰に似たのか頑固な娘だ』

あきれたように息を吐く月ノ森社長。

『だが忘れていないかい、真白？　この恋人関係は明照君との契約なのだよ。《5階同盟》をまとめてハニプレに便宜《べんぎ》するためのね。……《5階同盟》はこの私に、代わりにどんな利益《りえき》をもたらしてくれるのかな？』

来た。

当然、来ると思っていた返し刀。

アキは凄《すご》いや。本物の一流企業の社長と、こんなふうに対等な取り引きをしていたんだね。彩羽ちゃん、OZ、紫式部先生《むらさきしきぶせんせい》——仲間たちのためにこんなに魂を削っていたなんて。

——今度は、真白の番。


「巻貝《まきがい》なまこの代表作、『白雪姫の復讐《ふくしゅう》教室』をあげる」


真白は、用意していた条件を突きつけた。

『なんだって……!?』

「ハニプレ主幹事でのアニメ化とゲーム化を進めるよう、カナリアさんに進言する」

一流企業に対して不遜《ふそん》な態度だって思われるかな？

でも真白はそれに値するだけの『力』を持っている。

巻貝なまこ。

3年前のUZA《ユージーエー》文庫の新人賞で大賞を受賞、受賞作がシリーズ累計三百万部越えの大ヒットとなり鮮烈なデビューを飾った超大型新人ラノベ作家。

海産物に対する深い造詣と皮肉の効いた文章、常識やら同調圧力を斜め上から見るような、痛快な切り口の作風と主人公造形が評価され、さらにはそれほどのヒットを収めながらも漫画やアニメや実写といったメディアミックスには一切《いっさい》興味を示さず断り続けている——……。

　だけどいまも商機を感じて交渉を重ねている企業は多い。

「真白、知ってるよ。メディアミックスもなしに短期間でここまでの部数になる原作はほとんどない。大帝国書店の『剣技接続』や『ヒキニートファンタジア』に匹敵《ひってき》する人気に成長する可能性を秘めてるって。この二つは、ゲーム業界でも存在感が強いよね」

『過大評価しすぎだ。せいぜい、うちの競合他社――ボウダイゲームズの株価を一気に上げて、株主を大いに喜ばせた程度だよ』

「うん。だから投資家の間では、『白雪姫の復讐教室』のメディアミックス、どこが関与するのかすごく注目されてる」

『…………』

「ハニプレもＩＰ獲得のために交渉してるよね？　カナリアさんとも何度か会って話してるんでしょ」

『……。この前も彼女の別荘にまで押しかけて頼み込んだよ。断られてしまったからね』

「露出が増えて、有名になりすぎるのが怖かった。だからＵＺＡ文庫も他のいろんな大人たちも真白の作品を欲しがっているのを知りながら、逃げ続けてきたの。でも……もう、逃げるのはやめたから」

『……大人をナメてもらっちゃあ困るよ、真白。メディアミックスは君にとっても利益のあることだ。その時点で対等。追加で《５階同盟》を優遇してやる義理はないと思うがね？』

「あ、そう。そういう交渉をするんだ。でもね、月ノ森社長、無駄だよ。——詰みだから」

『何？』

「真白ね、天地堂《てんちどう》の社長の連絡先を持ってるの。意味、わかるよね」

『まさか、脅す気か⁉』

その反応で真白は切り札の威力を確信した。いろいろ調べてから交渉に挑んで正解だった。

相手の弱み、欲望、取り巻く環境……あらゆる知識と情報を持っているだけで、こんなに有利に話を進められる。これは翠部長と言い合ったおかげで学べたことだ。

ハニプレと天地堂は東西を代表するエンタメ企業の両翼。どちらに天秤《てんびん》が傾《かたむ》きすぎることもなく互いに絶妙な力関係を維持し、切磋琢磨《せっさたくま》している。

だがそれは、学生同士がテストの点数を競い合うような、幼稚な売上比較バトルなんかでは断じてない。もっと切実な問題を背景とした争いなのだ。

アキが言っていた。最近はコンシューマーゲームで世界と戦える作品が増えてきた、と。

その一方で、要求される作品のレベル、予算の規模が年々上昇しており、生半可な作品では許されなくなりつつある。

では、そんな環境の業界では何が起こっているのか？

——優秀な人材の獲得合戦だ。

圧倒的な売上を誇り、ナンバーワンであり続けることは優秀な人材を集めるためにも必要だ。

誰しも高額な報酬をもらえて、大勢に楽しんでもらえるゲーム開発に携われる、将来性のある会社に勤めたいと考えているのだから。

「強力なＩＰの獲得合戦に負けて天地堂に巻貝なまこを取られたら、パワーバランスが崩れる可能性があるよね？　……それでもいいなら、真白は構わないよ」

『たかが作品ひとつにそこまでの影響力があるとでも？』

「直接ハニプレの命脈が断たれるほど大きくはないと思う。でも、ガン無視できるほど小さな傷で済むかな？　たったひとつの些細《ささい》な意思決定のミスでつぶれた会社、たくさんあると思うんだけど。いち社長として欲しかったコンテンツが最大のライバルに取られる――その出来事を、取るに足らない些細なことと思えるなら、真白の提案を断ればいい」

『……まったく。芸術家肌の作家と思いきや、とんだ商売人だ。誰に似たんだろうね、本当に』

電話の向こうは見えないけれど、優雅にたくわえたひげを指先で弄《もてあそ》びながら思案している姿が簡単に想像できる。

それからほんのすこしの沈黙の時間を経て、深いため息をひとつ漏《も》らし、月ノ森社長はこう言った。

『参ったよ、真白。私の負けだ。《５階同盟》にまつわる契約の条件変更――応じよう』

＊

「はあ……はあ……やった……やった……！」

お父さんとの電話を切ると、真白はベンチに座りながら小声で勝《か》ち鬨《どき》を上げた。

巻貝なまことしてのカードを切って、他人にワガママを押し通したのはこれが初めてだった。

けっしてお行儀が良い行動とは言えないのは重々承知してる。だけど自分の持てる武器を全部使って望む結果を引き寄せるために全力を尽くすのは、悪いことじゃないはずだ。

偽の恋人関係も解消されて、完全なイーブン。

アキを束縛する契約も消えたいま、運命はきっと信じられない速さで転がっていく。

その上で真白は、彩羽ちゃんのいない修学旅行でアキの心を射止めてみせる。

「明日は、三日目。班にも縛られない、完全な自由行動の日」

通話が終了したばかりですこしだけ熱を帯びたスマホを握りしめ、今度はＬＩＭＥの画面を開く。

ＬＩＭＥに表示された宛て先の名前は、天地乙羽《あまちおとは》。

「もしもし、乙羽さんですか？　あの、以前にお誘いいただいた、天地堂オフィスへの見学についてなんですけど――」

アキの心を真白に向けさせるためなら、ハニプレだろうが、天地堂だろうが、何もかも利用してやるんだ。

「明日、アキと一緒に行きます」

## あとがき

全国の読者の皆さま、いつも『いもウザ』こと『友達の妹が俺《おれ》にだけウザい』をご愛読いただき誠にありがとうございます。作者の三河ごーすとです。今回は彩羽《いろは》不在の地獄の修学旅行編ということで、お楽しみいただけたでしょうか？

本作が出版される二〇二一年現在、中高生の読者の中には、コロナ禍の影響で修学旅行に行けなかった、あるいは楽しみにしていた場所から急遽《きゅうきょ》変更になってしまったという方もいらっしゃるのではないでしょうか。そんな状況を鑑《かんが》みて……というわけでもないのですが、第8巻ではまるで登場人物たちの修学旅行に同行しているような、疑似体験ができるようにと思い、京都の観光地をなるべく細かく描写させていただきました。

教室では見られないあの子のラフな姿を見られたり、憧《あこが》れのあの人と非日常な時間を共有できたり。人生に一度きり、忘れられない思い出になる——これこそ修学旅行の真髄と言えましょう。まあ、私、高校は男子校だったんでそんな経験なかったんですけどね。ハハハ。

ともあれ、笑いあり、涙あり、ドキドキあり、翠《みどり》あり、悶絶《もんぜつ》必至のいちゃウザ修学旅行をご堪能ください。こんな修学旅行を私も送りたかった。……泣いてないです。

謝辞です。

イラストを担当されているトマリ先生。いつも最高のイラストをありがとうございます！　可愛《かわい》く、それでいて実在感たっぷりの素敵なキャラたち。新しい絵を拝見するのをいつも楽しみにしています。これからもどうぞよろしくお願いいたします！

コミカライズ版を担当されている漫画家の平岡平《ひらおかひら》先生。コミックでも翠や音井《おとい》さんといった面々が登場し始めていて、ますます楽しくなってきました。翠なんかは脳内で想像していたままのＩＱの低さ（！）で大変素晴らしいです。原作読者の方でまだコミカライズ版を読んでいない方は、ぜひぜひ読んでみてください。最高なので。

そして担当編集のぬるさん、ＧＡ文庫編集部および関係者の皆さま、いつも〆切《しめきり》がギリギリで大変申し訳ありません。違うんです。サボってるわけじゃないんです。ただ、高品質な原稿は高品質な娯楽に宿るという言葉（いま造りました）に忠実に、より良い作品づくりのために毎日を過ごしているだけなのです。言い訳するなって？　はい、ごめんなさい。（素直）

そして最後になんといっても読者の皆さま！　もう第８巻にもなるというのにここまで読み続けてくださって、本当にありがたい限りです。テレビアニメも控えてますます盛り上がる本シリーズを、これからも引き続き推してくれると嬉《うれ》しいです。

以上、三河ごーすとでした！

# 『いもウザ』次巻予告！

**地獄の修学旅行編・ＦＩＮＡＬ！**

修学旅行最終日。
自由行動が許された特別な日に、
真白は明照と二人きりになりたいとアピールする。
真白にとって良い思い出になればと明照はその誘いを受けるが、
連れて行かれたのはなんと『株式会社 天地堂』のビルだった……！

「うふふ。可愛いカップル一組様、ご案内ですね～」

彩羽の母親にして ~~恐ろしき~~ 美しき社長、天地乙羽。
彼女は突然のラスボス登場に戸惑う明照と真白を、
特別なデートスポット“エターナル天地ランド”へと誘う。

一方、映画の撮影チームに合流した彩羽もまた、
別ルートから“エターナル天地ランド”へ
立ち入ろうとしていて……！？

**ラストダンジョンと魔王がいきなり同時にやってきた！**
**絶体絶命のいちゃウザ青春ラブコメ第９弾！**

# 『友達の妹が俺にだけウザい9』

## ドラマCD付き特装版＆通常版 2022年1月発売予定!!

←特装版の情報は次のページへ！

※セリフはプロット段階のものであり、製品版にはひとつも採用されない場合があります。ご了承ください。

# ドラマCD第5弾

## 今回も豪華キャ

大星明照 役
石谷春貴

小日向彩羽 役
鈴代紗弓

月ノ森真白 役
楠木ともり

## 『友達の妹が俺
## ドラマCD付き

**ファンレター、作品の**
**ご感想をお待ちしています**

〈あて先〉

〒106－0032
東京都港区六本木2－4－5
SBクリエイティブ（株）
GA文庫編集部 気付

「三河ごーすと先生」係
「トマリ先生」係

**本書に関するご意見・ご感想は**
**右のQRコードよりお寄せください。**

※アクセスの際や登録時に発生する通信費等はご負担ください。

https://ga.sbcr.jp/

# 友達の妹が俺にだけウザい8


発　行　　2021年8月31日　初版第一刷発行

著　者　　三河ごーすと
発行人　　小川　淳

発行所　　SBクリエイティブ株式会社
〒106−0032
東京都港区六本木2−4−5
電話　03　5549−1201
03−5549−1167（編集）

装　丁　　AFTERGLOW

印刷・製本　中央精版印刷株式会社




ISBN978-4-8156-1014-2

Printed in Japan　　GA文庫

試読版は
こちら!

試読版は
こちら!